RÁDIO IMAGINAÇÃO

SEIKO ITO

Rádio Imaginação

Tradução do japonês
Rita Kohl

Copyright © 2013 by Seiko Ito
Todos os direitos reservados.
Edição original em japonês publicada por Kawade Shobo Shinsha Ltd. Publishers.
A presente edição em português é publicada mediante acordo com Kawade Shobo Shinsha Ltd. Publishers., Tóquio, aos cuidados da agência Tuttle-Mori, Inc., Tóquio

Grafia atualizada segundo o Acordo Ortográfico da Língua Portuguesa de 1990, que entrou em vigor no Brasil em 2009.

Título original
Souzou Radio

Capa
Alceu Chiesorin Nunes

Ilustração de capa
Adriana Komura

Preparação
Gabriel Joppert

Revisão
Camila Saraiva
Jane Pessoa

Dados Internacionais de Catalogação na Publicação (CIP)
(Câmara Brasileira do Livro, SP, Brasil)

Ito, Seiko
 Rádio Imaginação / Seiko Ito ; tradução Rita Kohl. — 1ª ed. — São Paulo : Companhia das Letras, 2023.

 Título original: Souzou Radio.
 ISBN 978-65-5921-539-3

 1. Ficção japonesa I. Título.

23-146074   CDD-895.63

Índice para catálogo sistemático:
1. Ficção : Literatura japonesa   895.63
Aline Graziele Benitez – Bibliotecária – CRB 1/3129

Todos os direitos desta edição reservados à
EDITORA SCHWARCZ S.A.
Rua Bandeira Paulista, 702, cj. 32
04532-002 — São Paulo — SP
Telefone: (11) 3707-3500
www.companhiadasletras.com.br
www.blogdacompanhia.com.br
facebook.com/companhiadasletras
instagram.com/companhiadasletras
twitter.com/cialetras

RÁDIO IMAGINAÇÃO

1.

Boa noite.
Ou bom dia.
Ou, quem sabe, boa tarde.
Você está ouvindo a Rádio Imaginação.

Comecei assim, com essa saudação ambígua, porque esse programa vai ao ar a qualquer hora do dia ou da noite, exclusivamente dentro da sua imaginação. Você pode escutar no horário nobre, enquanto a lua brilha elegante e prateada no céu, pode acordar de manhã com as ruas cobertas de neve e ouvir o programa de duas noites atrás, e se quiser reprisar a minha voz fresca da alvorada sob o sol escaldante do meio-dia, pode também, sem problemas.

Bom, mas é complicado falar sem nenhuma referência temporal, então vamos pelo meu horário: boa noite, agora são duas horas e quarenta e seis da madrugada, hora em que até as plantas estão dormindo. E, nossa, tá frio, viu. Um frio de congelar. Inclusive, já congelei. Estou vestindo só um blusão impermeável vermelho, ignorando a neve que cai. Obrigado a todos que acompanham o programa a essa hora.

Me desculpem, esqueci de me apresentar: este que vos fala é o mestre das metáforas, o tagarela DJ Ark. Esse apelido, Ark, era uma brincadeira com meu sobrenome, mas, dadas as circunstâncias, estou achando que o significado de "arca" combinou bem.

Depois eu falo mais sobre esse assunto. Continuando, a Rádio Imaginação não tem patrocinadores, e na verdade também não tem estação, nem estúdio. Não estou falando diante de um microfone — na verdade não estou nem falando. Sendo assim, como foi que a minha voz alcançou os seus ouvidos? Como eu disse no começo, foi pelo poder da imaginação! Sua imaginação são as ondas de rádio, o microfone, o estúdio, a torre de transmissão, e até a minha própria voz.

E que tal a minha voz, hein? É grossa e rouca como a primeira nota de um saxofone barítono? Ou aguda e penetrante como os gritos de crianças à beira do mar? A voz também pode ter várias texturas diferentes — pode ser áspera como papel *washi*, ou macia como chocolate derretido. Tudo isso depende apenas de vocês, ouvintes. Sintonizem no timbre que mais gostarem de escutar, por favor.

Mas uma coisa é importante: minha voz não se parece com a de mais ninguém! Posso ser só um novato que acabou de estrear no ramo, mas um locutor que se preze não pode abrir mão desse detalhe.

Muito bem, pessoal, é isso! Conto com a companhia de vocês até o final.

RÁÁÁÁDIO IMAAAAGINAÇÃO!

Agora, depois desse jingle animado — ou então bem suave, ou com graves intensos —, vou dar uma dica pra vocês: eu já tenho certa idade, viu? Este ano vou fazer... deixa eu ver... trinta e oito. Pensaram que eu era mais novo? Fico feliz se tiverem pensado! Quer dizer que a minha voz ainda tem vigor. Sabe como é, nessa idade, se a gente não encarar tudo com otimismo, é atropelado pela sociedade. HAHAHA.

Enfim, eu, que tenho trinta e oito anos nas costas, nasci e cresci aqui nessa cidadezinha à beira-mar. Bem aqui onde está agora a central de transmissão da Rádio Imaginação — isto é, meu corpo —, nessa terra de longos invernos. Sou o segundo filho de uma família que trabalha no comércio de arroz. Agora que contei isso, se alguém aqui da região estiver me ouvindo, acho que já sacou qual família é, né. Talvez já estejam até vendo a loja meio caída, e lá dentro meu pai, que é bem baixinho, e meu irmão, que é um homenzão corpulento. Agradecemos a preferência! Se bem que toda a contribuição que eu dei pro negócio da família foi cuidar do balcão da loja vez ou outra quando era moleque, se tinha um enterro na cidade ou coisa assim. E, no tempo em que o arroz ainda ficava estocado no celeiro nos fundos da casa, às vezes eu estava brincando por lá e assistia enquanto descarregavam os sacos do caminhão. Só isso.

E aí, quando eu tinha uns quinze anos, peguei gosto pelo rádio. Fiquei amarrado. Ouvia uns programas de música daqueles de aficionados musicais, que só pegavam bem baixinho porque eu estava fora da área de transmissão. Então, quando passei numa faculdade de terceiro escalão e fui estudar em Tóquio, comprei uma guitarra com o dinheiro que meu pai mandava e entrei numa banda. Era meio excêntrica, com umas batidas africanas... Até fazia certo sucesso, mas no fim a gente nunca deslanchou e eu acabei indo pro *backstage*, fui trabalhar num escritório pequeno que agenciava bandas.

Ah, na faculdade eu fiz letras e, assim meio de perdido, sem muito motivo, me especializei em literatura americana. Mas só li as coisas em tradução, não em inglês, HAHAHA. Nesse tempo, eu lia qualquer coisa de literatura estrangeira que me caísse nas mãos. Gostava principalmente de histórias que tivessem uma estrutura mais maluca, e não só lia como acabei me animando e escrevendo um punhado de contos, cheguei até a mandar uns pra revistas amadoras. Por exemplo, um conto chamado "Shake", sobre um bartender que criava besouros-de-água no aquário do bar. O ponto de vista mudava várias vezes, tinha até um trecho narrado da perspectiva de um cara que estava só passando em frente ao lugar. Pensando agora, deve ser o tipo de coisa que as pessoas tendem a escrever na juventude. Claro que por um tempo pensei que gostaria de seguir nesse caminho e virar escritor, mas nesse ramo não existe garantia de que você vai conseguir pagar as contas, a não ser que ganhe algum prêmio importante, fique famoso. Não dava pra viver a vida apoiado nesse tripé: fazendo uns bicos, tocando numa banda e escrevendo literatura.

Aí, no fim das contas, caí nas graças do dono do escritório que agenciava a nossa banda, um sujeito chamado Takase, que tinha uma barba que cobria o rosto todo. Ele foi com a minha cara e me contratou praticamente à força, e aí eu fiquei lá, cuidando de umas bandas que até faziam certo sucesso na cena independente — Meters, Mighty Flower, Atom & Uran, uns artistas novos. Só que uma hora eu me enchi dessa história, quer dizer, isso foi depois de passar mais de dez anos no escritório. Resolvi largar tudo e, ontem, mudei de volta aqui pra minha cidade natal. Voltei trazendo minha esposa, que é mais velha que eu, pra essa cidade que tem rio, montanha e mar.

Na verdade, eu também tenho um filho de treze anos, mas ele não veio. Digo, é que a gente já tinha mandado ele lá pros Estados Unidos pra fazer intercâmbio numa Junior High School e morar num dormitório. Bom, quem tá bancando isso é meu pai, então o fato é que eu estou tirando proveito do meu velho pra ajudar meu filho. É que eu já andava me perguntando se seria tudo bem ele ficar na escola aqui no Japão — apesar de não ser um pensamento razoável pra alguém com uma profissão meia-boca como a minha —, daí, quando um belo dia a minha esposa apareceu com um panfleto de intercâmbio, me agarrei nessa ideia como se fosse a divina providência, juntei dinheiro de todo canto, implorei pro meu pai, quer dizer, primeiro perguntei pro meu filho o que ele achava, claro. É que ele não é um menino muito forte, sabe, e toda hora voltava da escola com algum hematoma... Eu andava desconfiado, pensando que tinha alguma coisa acontecendo lá que ele não queria contar pra gente. Não sei se foi por isso, mas ele nem piscou e disse que queria ir.

Bom, então foi assim, pra mim essa mudança de ontem foi um recomeço. Ok, voltei pra minha cidade. E agora, qual o próximo passo? Seria legal se eu conseguisse trabalhar em algo relacionado a música, usar a experiência e os contatos que consegui nesses anos, mas do jeito que anda essa crise... Meu irmão propôs que eu ajudasse no negócio da família e, ao mesmo tempo, que a gente abrisse, eu e ele, uma empresa de fornecimento de terra pra paisagismo. Quer dizer, não só pra paisagismo, a terra é importante pros agricultores também, e meu irmão conhece um cara que manja muito do assunto, professor universitário. Assim... é difícil imaginar esse futuro, sabe, não parece real. Mas o fato é que eu dei essa guinada e voltei pra cá, com fé de que as coisas iam se ajeitar. Afinal, minha vida sempre foi assim, as coisas foram se ajeitando.

E aí, deu nisso. Me vi aqui nesta situação, enganchado no alto de um cedro enorme, apresentando um programa de rádio. Por essa eu não esperava. Fico com a impressão de ter sido enfeitiçado por uma raposa, e vocês também devem estar achando meio bizarro, né? O quê? Em cima de uma árvore? Enganchado?! Fala sério. Hum, acho que agora pode ser uma boa hora pra uma música! Vamos lá, o primeiro som desse programa. Fiquem com "Daydream Believer", dos Monkees, de 1967.

Você está ouvindo a Rádio Imaginação, com o DJ Ark. A música que acabamos de ouvir é perfeita pra esse programa. Um clássico sobre um homem que acredita nos seus devaneios. E para os ouvintes que tiverem se lembrado da versão em japonês, com os Timers, liderados por Kiyoshiro Imawano: nesse caso, foi isso que eu toquei e que vocês curtiram por aqui.

Ou seja, nesse programa eu consigo tocar músicas diferentes ao mesmo tempo. E não para por aí — se alguém ficou com vontade de ouvir mais The Monkees, posso tocar a discografia inteira! Por outro lado, quem não estiver a fim de ouvir música pode ouvir o silêncio ou já pular direto pra conversa seguinte. Essa aqui é uma rádio estilo século vinte e um, em constante transformação. Acompanhem nossa programação de acordo com as suas preferências.

Bem, este DJ Ark aqui tem tanto assunto pra falar que vai tagarelando em alta velocidade feito um caminhão sobrecarregado, adernando de um lado pro outro, mas vamos em frente, queria contar um pouco mais pra vocês sobre essa história de ter largado o emprego, que falei agora há pouco. Podem ficar tranquilos, que não vou ficar só reclamando do trabalho, tá?

    Quando eu gerenciava aquelas bandas de meninos, quase crianças, eu também tinha meus sonhos, reluzentes feito bolinhas de gude. Acompanhava eles nas turnês, tocando numas casas de show que você dizia "tem certeza que isso aqui não é uma quitinete?". Nesses lugares, o camarim era um negócio tão inacreditável que dava vontade de rir. Era normal a banda se trocar atrás de uma pilha de caixas de papelão no meio de um corredor no subsolo, todo mundo esmagado. Também aconteceu de chamarem de camarim um cômodo de dez metros quadrados onde morava alguém da equipe. Pros homens ainda vai, se trocar atrás de caixas de papelão. Ainda mais que a gente não trabalhava com nenhuma dessas bandas maquiadas e tal, era quase sempre punk. Ou uns funks animados que botavam todo mundo pra dançar. Pra esse tipo de moleque um corredor já basta, eles só tiravam a camiseta, botavam outra mais estropiada ainda e subiam no palco. Quer dizer, era até melhor ser assim, porque rendia uma história boa depois.

    Mas pras bandas femininas, ou quando tem alguma garota no grupo, aí não dá, né. Nesses casos dava pra ver que rolava um desânimo. Uma coisa dessas, bem quando você tá querendo se sentir uma estrela pra subir no palco, é um tapa na cara. Uma declaração de que você tá no nível de um rato, levando vassourada no canto de um corredor. Meus astros fazendo uma parede ombro com ombro, de costas, pra esconder as meninas enquanto elas se trocavam, todo mundo atrás dumas caixas de papelão marcadas de socos e chutes, num subsolo fedendo a mofo, iluminados por uma lâmpada fluorescente que parece estrobo de tanto que pisca... E nessas horas sempre rolavam uns gritos, umas risadinhas... Essas cenas me apertavam o peito de um jeito que vou te contar.

Xi. No fim das contas deve parecer que estou só reclamando do trabalho, né? Era pra ser uma história nostálgica, tão sentimental que eu estava até constrangido. Tipo aqueles flashbacks em sépia, ou branco e preto, passando em câmera lenta.

Isso porque, nos últimos cinco anos que passei nesse ramo, essas casas de show horríveis foram fechando uma depois da outra, caindo que nem moscas, e no lugar delas começaram a aparecer uns "espaços de performance" construídos por empresas grandes, sabe? Eu imagino que aqui nessa cidadezinha à minha frente, nessa área espremida entre a montanha e o mar, ainda não tenha nada disso... Mas o que acontece é que esses lugares metidos a estilosos são feitos pra enganar jovens do interior que sonham em ser músicos. Pode ser uma expressão meio forte, "enganar", mas as pessoas pagam pra se apresentar e ficam lá felizes consigo mesmas, sendo que no fim das contas não tem muita diferença entre uma dessas casas de show e um karaoke.

E quando a mesma empresa também aluga estúdios pra ensaio? Aí a coisa tá feita. É tipo um hamster correndo dentro de uma roda: ele pode se matar de correr a noite toda, dezenas de quilômetros, e no fim não vai ter avançado nem um centímetro. Se era pra terminar assim, então aquela coisa de tocar em bares sujos, com os olhos brilhando e sede de futuro, ainda era mais saudável. Por isso que, hoje em dia, eu sinto saudades daquele tempo.

Enfim, esse foi um dos motivos por que larguei aquele emprego. Assistir tão de perto à fragilidade, à fraqueza, ao desespero, à teimosia desses meninos era assustador e doloroso. Eu não aguentava mais. Pareciam uns frutos doentes que morrem e caem do pé antes de amadurecer, um negócio frustrante, dava raiva, e eu terminava sempre me perguntando: que sociedade é essa que larga essa gente à própria sorte? Aí um dia eu estava com o Takase, meu chefe, em um bar que o pessoal do escritório costumava frequentar em Kichijoji, lá em Tóquio, e falei tudo isso pra ele.

O Takase ouviu quieto todo esse meu discurso sobre por que eu ia pedir demissão e só no fim abriu a boca: "Ok, entendo muito bem o que você tá dizendo. Mas, escuta, Akutagawa, é sacanagem você não abrir o jogo também sobre como andava usando o dinheiro da empresa". HAHAHA. Ou seja, ele já tinha sacado que eu maquiava um pouco as contas quando viajava a trabalho...

Quer dizer, "maquiar as contas" é exagero. Não era muito dinheiro, tá? É que numa empresa que nem a nossa não é como nos escritórios grandes, os agentes têm que ralar. Quando a gente ia tocar em algum lugar, depois eu mandava só a banda de volta na van e continuava lá sozinho pra dar uma passada nas rádios e lojas de disco das cidades próximas, fazer propaganda das músicas novas, botar os CDs das nossas bandas na frente das prateleiras, esse tipo de coisa. Pra gente, não é só questão de ficar organizando a agenda.

E aí, nessas viagens, às vezes eu pedia reembolso por passagens pra lugares que não tinha visitado, ou por bares aonde tinha ido só pra beber com um amigo, enfim, esse tipo de coisa que quase todo funcionário faz, em maior ou menor grau. Mas as coisas foram se acumulando e eu comecei a sentir que ia ficar feio pro meu lado. Aí tentei empurrar tudo isso pra debaixo do tapete quando pedi demissão, mas o Takase já estava ligado. Ele me pegou, HAHAHA.

Puxa, comecei falando de um negócio sentimental e terminei nessa história meio vergonhosa, mas enquanto eu estava aqui divagando chegou uma mensagem de um ouvinte. A notificação soou direto na minha cabeça, *pipipi*. Me salvou, porque esse assunto estava ficando escuro e pesado feito uma cidade logo antes da chuva. Mandaram bem no timing! Vou ler agora mesmo:

"Boa noite, DJ Ark."

Boa noite.

"Estou ouvindo a Rádio Imaginação num lugar onde o inverno é curto, ao contrário de onde você está. Por causa da distância não consigo ver você em cima da árvore, mas escuto com muita clareza sua voz agradável. Você disse que agenciava a banda Meters. Eu fui num show deles aqui, uma vez. É que meu ex-namorado era de outra banda que tocou no mesmo dia, chamada Café Holanda. Meters era um trio de ska, não era? Eram muito bons. Depois de tocar, eles vieram pra plateia, supersimpáticos, e eu conversei bastante com o vocalista, um cara loiro. Lembro que ele contou que morava com a namorada num apartamento com encanamento ruim... Vai ver nesse dia a gente também se cruzou, DJ Ark! Que coincidência. Continue com a rádio, que eu vou seguir escutando!"

Muito obrigado pela mensagem. Quem mandou foi uma ouvinte de Fukuoka, com o pseudônimo imaginário de Koburoshiki. Puxa, eu não esperava ter retorno dos ouvintes assim, logo de cara! Então, Koburoshiki, o loiro com quem você conversou é o Kanta. Se você estiver falando do show que a gente fez no bairro de Tenjin, em Fukuoka, foi há três anos. E sabe que no fim ele casou com essa namorada, com quem morava no apartamento de encanamento ruim? Acho que foi justo um ano depois daquele show... Ele contou que, num domingo, no começo do verão, entrou numa briga em um bar em Nishishinjuku com um fulano que nem conhecia, acertou a cabeça do cara com uma garrafa de cerveja e fugiu. E aí, sei lá por quê, nessa mesma noite pediu a namorada em casamento. Deve ter achado que ia ser preso. Acho que no fim nem denunciaram a briga, mas ele pintou o cabelo de verde, como se assim fosse mudar de aparência. E continua cantando no Meters até hoje.

Ih, desculpa, me animei com a primeira mensagem da rádio e acabei contando um negócio meio nada a ver. Vamos ouvir um som bacana pra mudar de ares. "I Don't Like Mondays", do Boomtown Rats, de 1979.

Ouvimos agora um clássico de Bob Geldof. Tem esse refrão meio deprê, meio dramático, repetindo que ele não gosta de segundas-feiras. Como vocês já devem saber, a música foi inspirada por um crime que aconteceu numa segunda, quando uma adolescente atacou uma escola a tiros. Eu não ouvi na época que saiu, claro. Foi só mais tarde, no quarto do meu irmão — aquele que já mencionei, que é grandalhão e dez anos mais velho que eu. Ele dormia no melhor quarto da casa, no andar de cima, voltado pro sudeste. Meu irmão sempre foi o rei da família, tinha prioridade em todas as coisas, sabe. E eu sempre entrava escondido no quarto dele pra ouvir os discos, conhecer umas músicas novas. Enfim. Escutamos, nessa sexta-feira — quer dizer, como já é de madrugada o correto seria dizer que é sábado —, essa música sobre as segundas. Hã, acho que continuou meio nada a ver, né? Mandei mal na seleção musical, HAHAHA.

Bom, pessoal, enquanto acompanham a Rádio Imaginação, não sei se vocês estão conseguindo sacar a personalidade deste DJ Ark que vos fala. Mas tá um pouco cedo pra irmos pro próximo quadro, então agora vou baixar um pouco a voz e tratar de um assunto meio delicado. É que, como a Koburoshiki falou, estou preso no alto de uma árvore, moçada. No meio de uma plantação de cedros, num morro com vista pra cidade. Fileiras de árvores compridas furando o céu, e eu preso quase no topo de uma delas, de barriga pra cima. Minha cabeça está tombada pra trás, então vejo a cidade de ponta-cabeça. Fui abandonado aqui no alto igual à arca da epopeia de Gilgamesh depois da inundação.

Agora que a escuridão cobriu tudo não dá mais pra ver, mas à direita tem mais morros cobertos de cedros e um rio não muito grande que vem daquele lado, passa diante do bosque onde estou, depois atravessa a cidade e desemboca no Pacífico. Tem um trilho que corre ao longo do mar e um pouco adiante entra na barriga de uma montanha, deve dar pra enxergar o buraco redondo do túnel. Mas, do meu ponto de vista, tudo isso pende, grudado no chão, brotando em oposição à gravidade. Um mundo inteiro de cabeça pra baixo.

Na mão esquerda tenho um celular à prova d'água, aberto. Consigo ver a tela, bem no canto do meu campo de visão, mas ela está meio inclinada pro lado de um jeito que infelizmente não me deixa ler o que está escrito. De vez em quando ela acende. Pela vibração e pelo brilho da tela, sei que tem alguém querendo falar comigo. Consigo adivinhar quem tá ligando porque tenho vários modos de vibração diferentes programados. Se for alguém próximo, reconheço.

E mais uma coisa: parece que tem um passarinho branco e preto, uma lavadeira, pousado num galho do cedro, do meu lado esquerdo. Quando a tela do meu celular acende, consigo ver o contorno dele. Eu gosto das lavadeiras, um pássaro quase do tamanho de uma pomba, com um rabo estreito e comprido. Mas não sei por que ele tá me encarando desse jeito lá do alto. Quer dizer, como o mundo está de ponta-cabeça, do meu ponto de vista o pássaro está abaixo de mim. Seja como for, ele não se mexe. Só fica lá, atento à minha performance de radialista. Será que ele acha que é o diretor? HAHAHA.

Eu tenho a impressão de estar nessa situação já faz bastante tempo, mas não me lembro de absolutamente nada. Perdi toda a memória do que me aconteceu até chegar aqui, tenho só a sensação física de ser sacudido, jogado de um lado pro outro, e depois flutuar. Então eu fiquei pensando várias coisas... Por exemplo, vocês conhecem a história do monge Roben? Um dia, quando eu era estudante e ainda não tinha me casado com a minha mulher, uma amiga dela arranjou uns ingressos e nós três fomos ver uma peça de bunraku, aquele tradicional teatro de bonecos japonês. Mesmo depois de assistir a tudo continuei sem entender direito qual era a graça daquilo, minha esposa até ficou tirando com a minha cara. Mas enfim, a peça era sobre Roben — o monge que mais tarde construiu o templo Todai-ji — e contava que, quando ele era bebê, foi pego por uma águia e carregado desde Kyoto ou Shiga, não lembro direito, até o templo Nigatsu-do, em Nara, onde ficou preso nos galhos de um cedro. E aí um monge muito renomado encontrou ele lá.

Essa é a única parte da peça de que eu lembro. Ficou na minha cabeça porque achei a história muito estranha, tipo um sonho. Foi um senhor de cabelo todinho branco quem narrou tudo isso, com o rosto bem vermelho de tanto que gritava, sentado ao lado de um cara que tocava shamisen com uma expressão impassível. Cheguei a me perguntar se eu não estava mesmo sonhando. Inclusive porque fiquei morrendo de sono. Pra ser sincero, dormi durante boa parte da peça.

Só que agora tenho a impressão de que a mesma coisa aconteceu comigo! Eu não sou bebê e nem vou virar monge, mas estava no quinto andar, no apartamento que a gente escolheu pra morar agora que voltamos pra essa cidade, acho que era de tarde, e como eu tinha prometido que não ia fumar dentro da casa nova, saí pra varanda, peguei meu isqueiro roxo barato, e aí, bem quando olhei pra baixo para acender o cigarro… não foi isso? Uma águia gigante fincou as garras nos meus ombros e me levou voando pelo céu, meu corpo balançando, a cidade toda lá embaixo, bem longe? O porto estreito, as montanhas ao redor, e no meio o pedacinho de terra ocupado pelas pessoas, com suas casas, lojas, correio, hospital e tudo o mais. Tipo o Google Maps.

Pensando bem, acho que ouvi o som de asas se agitando, e tenho a impressão de que o fedor da águia está impregnado até agora no fundo das minhas narinas. É uma história bizarra. Eu sei. Mas como é que uma pessoa adulta pode acabar desse jeito, encalhada no alto de um cedro, se não for por algo assim? Porque o fato de eu estar aqui é indiscutível.

Só que não apareceu nenhum monge renomado pra me tirar desse lugar. Nem monge, nem ninguém. Está tudo absolutamente quieto. Na cidadezinha de ponta-cabeça diante dos meus olhos não tem uma criatura sequer. Só comecei a tagarelar assim pra tentar escapar desse terror, com certeza. Posso dizer que essa Rádio Imaginação é um recurso desesperado pra amenizar a solidão. Esse mundo em que estou é resultado de quê? Assim que começo a pensar nisso, sinto que vou ficar maluco.

RÁÁÁÁDIO IMAAAAGINAÇÃO!

Muito bem, rodei o jingle, mas nem por isso pensem que vou começar algum tema novo, HAHAHA. Enquanto estou aqui, tenho pensado muito no meu avô paterno. A primeira lembrança que tenho na vida, de quando eu tinha uns dois ou três anos, é justamente de ser agarrado com força e levantado no ar. E aí depois, conversando com meus pais e vendo fotos, concluí que era uma memória que eu sempre guardei, do meu avô me pegando no colo.

Eu detestava aquele sujeito. Quando bebê, era só por medo, porque ele me agarrava desse jeito, mas depois fui sacando que ele e minha mãe, que morreu no verão da época que eu tinha doze anos, não se bicavam. Eu percebia pelo clima, mas também porque um dia vi minha mãe sair correndo pros fundos do depósito pra chorar escondida atrás do tronco de um caquizeiro gigante que tinha lá. Aliás, cortaram essa árvore quando reformaram o depósito, mas ela era enorme, bem grossa, e tinha crescido por baixo do beiral do depósito, então o tronco estava sempre sequinho, a não ser que a chuva fosse muito inclinada. Se você tentava subir na árvore, a casca partia assim de comprido, as mãos e os pés doíam muito.

    Devia ser fim de tarde quando minha mãe se escondeu de avental lá atrás dessa árvore, porque já dava pra sentir o cheiro de missô do jantar e da lenha pra esquentar o ofurô. Fico até com vergonha de dizer, mas quando eu era criança, era à lenha que a gente esquentava a água do ofurô em casa. Lembro de ouvir, lá do quarto do meu avô, nos fundos da casa principal, um barulho de tosse e a voz do meu pai. Eu fiquei bem quietinho, enquanto o meu irmão, que desde aquele tempo já era grandalhão, acho que estava vendo TV, sem ligar pra nada. Era ele quem tinha direito de escolher o canal. Mas, bom... isso que estou lembrando aconteceu quando eu já era meio grande, então vai ver nem foi esse o motivo e eu só não gostava do meu avô instintivamente, mesmo. Ou, quem sabe, eu tomava instintivamente as dores da minha mãe.

    E por que é que eles não se davam? Os dois já morreram faz tempo, e mesmo se eu perguntasse agora pro meu pai não acho que ele responderia, então não dá pra ter certeza, mas sei que minha mãe veio de outra vila pra se casar com meu pai, e ela era cristã, continuou a frequentar a igreja mesmo depois de casada, sei disso porque tem várias fotos. Ela me deixava mexer no rosário de vez em quando e cheguei a ir com ela pra igreja. Aliás, eu devia ir bastante, porque até apareço numa foto do casamento de uma moça bonita que não sei quem é.

Mas não tem nenhuma foto assim do meu irmão. Imagino que logo que meu irmão nasceu ela deve ter pensado em batizar ele. Sei disso porque teve esse dia de verão, em que eu estava na varanda da casa principal, lembro que era de tarde porque o sol batia na ameixeira que fica do lado direito do jardim e desenhava uma sombra bem forte no chão, acho que eu devia estar nos primeiros anos da escola e minhas aulas tinham acabado antes do almoço. Aí, quando eu estava assim na varanda tomando um suco gelado, com minha mãe sentada com as pernas pro lado, ela virou pra mim e disse que antigamente meu irmão tinha outro nome, só que agora ninguém mais se lembrava dele. Na hora, achei que ela tinha resolvido me contar um conto de fadas, quase reclamei que não tinha mais idade pra esse tipo de coisa.

Perguntei que nome era esse que todo mundo tinha esquecido e ela falou uma palavra curta com umas consoantes oclusivas que eu nunca tinha escutado. Achei que aquilo não era nome de gente, de jeito nenhum. Estranhei muito aquele som. Não era o tipo de som que devia sair da boca da minha mãe.

Depois, sendo o menino mimado que era, fiz manha e perguntei se eu não tinha outro nome também. Minha mãe riu, ou, segundo minha memória, virou o rosto um pouco pro lado e soltou um pouco de ar, o sol refletido pelas pedras do jardim tremeluziu no rosto dela, e fora isso só ouvi o som de sempre, das cigarras cantando. Guardo a lembrança dessa tarde.

Mas, de qualquer jeito, não dava pra dizer que meu avô fosse um budista fervoroso, então não consigo imaginar que os dois tivessem uma oposição religiosa muito intensa. A gente via que a devoção dele era bem meia--boca pelo estado do altar *butsudan* da nossa casa, muito mais largado do que o de qualquer outra família tradicional. O móvel já estava todo manchado pelas cinzas brancas de incenso e servia só pra apoiar o controle remoto, exibir umas pedrinhas diferentes que meu avô catava por aí e guardar os álbuns de fotos da minha avó, que desde que eu me dou por gente já não era viva. Pelo menos, era essa a impressão que eu tinha do altar.

Fico pensando se não foi só porque meu avô sentiu a mesma aversão que eu pelo som estranho que saiu da boca da minha mãe, quem sabe ele era dessas pessoas que dá muito peso aos sentidos. Se for esse o caso, pode ser que o meu gosto por música seja herança dele. Inclusive, dizem que quando meu avô estava lucrando com o negócio de arroz, ele costumava convidar gueixas pra festas na casa dele, fazia uma farra daquelas. Meu pai contou que nessas noites meu avô sempre cantava umas músicas folclóricas, e, pelo jeito como ele falou, devia achar aquilo um tormento.

É que, pensando bem, estou falando do meu avô como se ele fosse um velhinho, mas fazendo as contas aqui no alto da árvore, percebi que nesse dia em que minha mãe correu de avental pra se esconder atrás do caquizeiro ela devia ter uns trinta e poucos anos, e meu avô, uns sessenta. Não era nenhum senhor decrépito. Quando eu era bebê e ele me levantava do chão, a minha impressão era a de um velho, com a cara toda cheia de rugas, um bafo esquisito, a voz meio rouca e a barba branca que fazia cócegas quando roçava na minha cara, mas, pensando hoje em dia, esse é meu futuro não tão distante. É mais ou menos a idade do Takase, com quem eu trabalhava.

Agora que comecei a pensar sobre isso, estão me voltando memórias de uns episódios curiosos com esse avô de quem nunca gostei... Não digo isso pra tentar apagar esse antagonismo que minha mãe teve que suportar por tanto tempo, mas me ocorreu que eu poderia pelo menos ter pedido a opinião dele sobre algumas coisas, pra minha vida daqui por diante.

Um desses episódios também foi num dia de verão. Ele já estava um pouco mais velho, talvez tivesse passado dos setenta. Mas ainda não tinha começado a ficar senil, nem a sair vagando por aí sozinho, essas coisas que depois deram tanto trabalho pro meu pai e pro meu irmão. Eu era criança e estava de férias, sentado na enorme sala de estar da casa principal, que ficava na penumbra e recebia um vento fresquinho, e meu avô estava lá também.

Na TV estava passando o campeonato de beisebol do ensino médio. Eu não ligava muito pra beisebol, sempre fui mais fã de futebol, então acho que só devia estar ali porque algum primo com quem eu ia brincar tinha me deixado na mão. Mas meu avô era fanático por beisebol, fazia questão de assistir esse campeonato, nem que precisasse deixar todo o serviço da loja por conta do meu pai. Ele tinha colocado sua cadeira de chão feita de junco no corredor que dava na varanda, e dali não tirava os olhos da tv.

De repente, ele me chamou: Fuyusuke! Meu nome se escreve com o ideograma de inverno, *fuyu*; o nome completo é Fuyusuke Akutagawa. Enfim, meu avô me chamou num tom espantado e sinalizou pra eu prestar atenção na tela. Naquele tempo a definição de imagem era péssima, ficava tudo fora de foco, cheio de ondas passando, e a gente achava normal... Mas bom, eu olhei e era só o jogo, tudo normal, os jogadores correndo pelo campo.

Meu avô gesticulou apontando o próprio peito, da esquerda pra direita, e depois apontou o peito de um jogador na tela, da direita pra esquerda. Aí me olhou bem sério e disse: o Shinsaku tá jogando de arremessador!

Shinsaku era um amigo de infância do meu avô, a maior má influência, volta e meia os dois chegavam juntos em casa, tarde da noite, com a cara vermelha por causa da bebida, e quando eu descia do meu quarto no andar de cima o tio Shinsaku bagunçava todo o meu cabelo, com um bafo de álcool, mas nessas horas sempre era muito correto e me dava umas moedas de presente dentro de um envelopinho. Então eu não conseguia ter raiva dele, quer dizer, pra ser sincero até gostava bastante dele, e ele tinha uma neta, uma menina de olhos grandes que estava um ano abaixo de mim na escola, por quem eu tinha uma quedinha.

Esse tio Shinsaku — que, apesar de ter a mesma idade do meu avô, eu chamava de *tio* Shinsaku porque gostava dele — jamais poderia estar em um time do campeonato de beisebol do ensino médio. Era velho demais. Ele tinha uma perna ruim, andava de bengala, e, de qualquer maneira, onde já se viu um estudante de ensino médio ter neta? HAHAHA. Eu me virei e encarei meu avô, mas ele continuava seríssimo, de cenho franzido. Ainda apontando pro próprio peito. Achei aquilo muito estranho, olhei de novo pra TV, e aí percebi que a camisa do jogador dizia "Escola Sakushin", com os mesmos ideogramas, *shin* e *saku*, do nome do amigo do meu avô.

Eu já tinha ouvido falar que, antigamente, as pessoas escreviam da direita pra esquerda, então de repente compreendi que meu avô estava lendo os ideogramas ao contrário — "shinsaku" em vez de "sakushin". Caí na gargalhada e exclamei "não, não é o tio Shinsaku, é só que esse jogador estuda na escola Sakushin!". Fiquei meio assustado, porque se o meu avô achasse mesmo que aquele era o Shinsaku, estava ficando maluco. Mas ele continuou apontando pro próprio peito, com a mesma expressão estranha. Eu gritei até cansar: "Não, você não tá entendendo, não é o tio Shinsaku!". Meu avô continuou imóvel, com cara de quem tem um troço amargo na boca.

Sempre achei essa lembrança desagradável, até agora. Talvez porque misturasse essa memória de infância com outras do meu avô, de depois que ele manifestou sintomas de Alzheimer na primavera em que entrei na faculdade. Mas, pensando bem, naquele dia ele certamente não estava senil. Afinal, continuou trabalhando ainda por muitos anos, expandiu o negócio... E foi ele quem transformou o celeiro em um depósito moderno de três andares.

Ou seja, não era nada disso. Naquela tarde de verão, ele estava só tentando me fazer rir! Me saiu com essa brincadeira tosca, fazendo aquela cara de perdido. Só que a piada deu errado e ele acabou só assustando o neto... Puxa vida, então era isso. O velhote seco só estava tentando se aproximar de mim. E agora estou aqui, em cima de uma árvore, pensando nisso anos depois de ele morrer... Mas, bom, continuo não gostando dele.

O que vocês acham de mais uma música? Vamos ouvir Frank Sinatra cantando "Take Me Out to the Ball Game", de 1949.

Que música, hein, pessoal? E que voz. Aqui na Rádio Imaginação você também vai ouvir pérolas saudosas como essa!

Olha só, enquanto a música tocava, chegou mais um monte de mensagens dos ouvintes. Parece que tem cada vez mais gente descobrindo esse nosso programa!

"Boa noite, DJ Ark."

Uma boa noite pra você também.

"Eu escutei por acaso a chamada no começo do programa. E aí imaginei eu também, assim, pra ver. Acho que você tá a uns par de montanha daqui, DJ Ark, mas sua voz foi ficando forte que só, agora já tá tão alta que nem parece mais rádio! Acho que ela tá é saindo dos alto-falantes brancos que tem aqui pela vila.

"É nesses alto-falantes que dão os avisos da vila, sabe assim, que é pra ir ajudar na colheita na terra de fulano ou beltrano, pra tomar cuidado porque os veados têm aparecido no meio das casas de gente, ir pro centro comunitário porque vai ter palestra sobre plantio e tal, quem fala essas coisas é a Otani, a mulher mais moça da prefeitura — se bem que ela já passou dos trinta e cinco —, ela tem uma voz meio grave, fala os negócios umas vezes, rapidinho, aí quando você se dá conta, já desligou. Só que agora o senhor dominou os alto-falantes, DJ Ark, sua voz cai pelo ar e vai entrando na terra.

"A gente tá ouvindo todo mundo junto. Tem uns sentados na encosta segurando os joelhos, outros deitados no chão olhando pras estrelas no céu. Todo mundo calado.

"Então, vai falando, DJ Ark."

Essa mensagem veio assinada com o nome imaginário Village People. Valeu, moçada. Podem deixar que eu pretendo continuar falando, falando e falando, até o fim. Agora vamos para mais uma mensagem. O nome imaginário desta aqui é M.

"Boa noite. Eu ouço a sua voz, bem de longe, lá no fundo dos meus ouvidos que estão de fone. Estou na cidade grande, então toda hora tem algum ruído que atrapalha enquanto tento te imaginar.

"Saí de casa no meio da madrugada e estou vagando, tentando descobrir para que lado sua voz fica mais forte. Dobrei a esquina no correio, atravessei o cruzamento onde o semáforo piscava amarelo, voltei um pouco, atravessei a rua de novo, virei à esquerda fugindo do branco ofuscante de uma loja de conveniência, e agora estou indo e vindo diante de uma floricultura fechada, vendo com o canto dos olhos um monte de vasos que qualquer um poderia roubar, arrastando pela rua esse meu corpo que nos últimos dois anos emagreceu até secar.

"Até hoje, não foram muitas pessoas que vieram falar comigo. Você foi uma delas. E não sinto que estou só te ouvindo, passivamente. Quando você conta sobre a sua mãe, entendo que é uma metáfora direcionada só pra mim, sinto o mau hálito do seu avô brotar do meu próprio estômago. No fundo quem está te fazendo falar sou eu mesma, prensada pelo desespero, oca como um cubo feito de papel, ou no mínimo somos todos nós, seus ouvintes que se sentem assim, prestes a explodir em uma nuvem de pó — é o que percebo ao escutar sua voz como um zumbido no meu ouvido.

"Não sei por quantos dias sua transmissão vai continuar. Se pudesse, gostaria de seguir caminhando assim e, sem perder essa conexão que alcança meus ouvidos como gotas d'água, cambalear até onde você está, para expressar a você minha gratidão. Porque eu, que vivo ao rés do chão, também me sinto como se vivesse pendurada no topo de uma árvore alta, as folhas pontiagudas feito agulhas. Que o seu programa continue por muito tempo. Respeitosamente."

Muito obrigado por essa mensagem tão fervorosa, M. Por favor, continue caminhando, descansando sempre que precisar. Eu continuarei dando o meu melhor por aqui também.

Bem, já que recebi uma mensagem de uma mulher, vou aproveitar esse gancho pra falar sobre outra mulher que eu queria que se aproximasse de mim. Me desculpem por mostrar essa face mais séria pra vocês, mas é que minha esposa ainda não falou comigo. Tenho certeza de que ela estava comigo no apartamento, algumas horas antes de eu vir parar nessa árvore, não sei quantas.

Na manhã do dia seguinte à mudança, a gente comeu pão e bebeu leite, no meio do caos do apartamento, sentados à mesa, usando caixas como cadeiras. Enquanto a gente comia, ela pediu pra eu conectar a televisão, pelo menos, e pensei que era mesmo uma boa ideia, fui pra sala e fiquei lá remexendo nas coisas. Enfiado atrás da televisão, não via direito o que estava acontecendo ao redor. Tive a impressão de ouvir a porta do apartamento batendo uma vez e supus que minha esposa tivesse saído para cuidar de algum assunto, mas não sei se foi isso mesmo.

Continuo encarando meu celular à prova d'água. Consigo ver, de canto de olho, a tela acender de vez em quando. Mas ela não falou comigo. Nenhuma mensagem, nenhuma ligação. Do meu irmão e do meu pai eu já tive notícias. É que logo antes de eu começar o programa, ouvi eles me chamando lá de baixo. Meu pai chegou berrando umas coisas tipo: "Ô Fuyusuke, finalmente eu te encontrei! O que é que você tá fazendo trepado aí em cima? Até parece que é moleque pra subir em árvore! Desce logo daí!". Eu respondi, ainda olhando pro céu: "Então, é que eu não consigo me mexer, será que não dá pra chamar uns bombeiros ou coisa assim, pedir pra trazerem uma escada?". Aí ouvi meu irmão dizendo: "Peraí, a gente vai dar um jeito". Escutei eles conversando um tempo e depois se afastando, e foi isso.

Eeei! Misato, cadê você?!

Bem, vocês estão vendo que aqui na Rádio Imaginação não fazemos grande distinção entre os assuntos públicos e os privados! Então, com sua licença, vou aproveitar pra chamar mais uma pessoa.

Sosuke, você podia ligar de vez em quando, né? Eu queria mesmo era fazer um Skype, só que agora estou meio enrolado aqui, filho, numa situação um pouco difícil de explicar, quer dizer, nem eu mesmo entendi direito ainda, mas o ponto é que agora não estou podendo usar o computador. Bom, então, pensando bem, tudo bem se você não ligar tão cedo. Por telefone fica caro demais.

Foi mal, acabei mandando uma mensagem nem-lá-nem-cá pro meu filho. O nome dele é Sosuke, se escreve com o ideograma de "capim". A gente escolheu essa forma de escrever desejando que ele suportasse com tranquilidade os ventos que sopram ao longo da vida e mantivesse sempre o vigor. O nome da Misato, já que a gente está nesse assunto, se escreve com os ideogramas de "beleza" e de "terra natal". Mas os motivos para os pais dela terem escolhido esse nome, eu não sei.

Esse meu filho, o Sosuke, teve uma época, quando ele era criança, devia ter uns seis anos, em que ele começou com uma mania de pegar um objeto, encostar na orelha e anunciar que o objeto estava falando. Agora há pouco, me dei conta: naquela época meu filho devia ser ouvinte de uma rádio imaginação como a que eu estou fazendo agora! E era fã de carteirinha, ouvia o dia todo.

Por exemplo, teve uma vez, acho que foi numa tarde de final de semana, em que ele pegou com as duas mãozinhas um romance bem grosso que minha mulher estava lendo, encostou a orelha na lombada e disse: "A girafa tá chateada". Eu não dei muita atenção, só falei "que é isso, menino?" e continuei tomando minha cerveja. Mas minha esposa me olhou de olhos arregalados e contou que a protagonista do livro era uma mulher com o pescoço muito comprido, e que tinha uma cena muito marcante em que ela estava agoniada com as agruras da vida e abaixava a cabeça embaixo do sol da manhã, numa pose que deixava seu pescoço mais longo ainda.

Eu pensei "fala sério!", mas aí a gente passou a tarde toda pedindo pra ele escutar um monte de livros diferentes. Logo se vê que a gente não tinha mais o que fazer, né? Ele não se interessou por quase nenhum livro, acho que tinha que ser espontâneo, mas uma hora, quando encostei na orelha dele uma biografia do Serge Gainsbourg em francês, que eu tinha comprado apesar de nem saber ler na língua, ele começou a dançar, balançando as cadeiras. Eu e minha mulher ficamos arrepiados, falando que ele devia estar escutando uma *chanson*. Enfim, essas bobagens típicas de pais babões...

Mas não foi só com os livros, esse tipo de coisa meio estranha acontecia volta e meia, então a gente sempre achou que ele tinha um tipo de sensibilidade especial, e aí... bem, acho que acabamos criando ele muito cheios de dedos. Fomos superprotetores, sabe. E ele foi ficando cada vez mais reservado e introvertido. No meu trabalho eu ficava aflito e ansioso de ver tantos moleques se revoltando contra essa parte de si mesmos, jogando toda a sua raiva na música, mas talvez ao mesmo tempo eu tenha empurrado o Sosuke mais e mais nessa direção. Pensar nisso faz eu me sentir culpado, me dá uma dor no coração.

Claro que eu nunca falei nada disso pra ele, não é o tipo de conversa que um pai tem com o filho adolescente, então a verdade é que seria ótimo se ele estivesse ouvindo o programa agora... O DJ Ark é assim, sempre torcendo pras coisas darem certo pro lado dele.

Bem, vamos ouvir mais uma música. Blood, Sweat & Tears, que traduzido seria "sangue, suor e lágrimas", cantando "So Much Love", em 1968.

* * *

Ouvimos agora a última faixa do álbum *Child Is Father to the Man*, o primeiro dessa banda que foi a fundadora do brass rock. Se alguém aí na audiência preferia ouvir outra canção com "love" no título, toquei ao mesmo tempo, tá? O que não faltam são opções com esse tema. Olha só, moçada, já comentei antes, mas as mensagens não param de chegar, é uma atrás da outra! E agora parece que recebemos também uma ligação, vamos ver. Alô?

"Alô!"

Estou falando com o pseudônimo imaginário Canola, da região norte de Kanto?

"Isso, isso mesmo!"

Aqui é o DJ Ark.

"Boa tarde, DJ Ark! Quer dizer, digo boa tarde porque trabalho de manhã cedinho e não consegui escutar a transmissão durante a noite, então estou escutando seu programa na tarde do dia seguinte, do seu ponto de vista. Ou seja, estou falando com o Ark do passado. Está funcionando?"

Está, sim. Afinal, você está ouvindo minha voz, não tá? HAHA.

"Ah, é verdade. É que eu trabalho em um supermercado local, sou responsável pela compra de todas as hortaliças, entende. Então, todo dia, no meio da madrugada, lá pela hora em que você começou a transmissão do programa, já estou a caminho do mercado central junto com um empregado meu, e chegando lá é uma correria pra escolher todos os produtos que precisamos repor naquele dia. Bem, poderiam me perguntar por que não escutei no caminho pro mercado. Mas acontece que nessa hora eu ainda não sabia que o programa existia. O senhor me desculpe."

Imagine, eu é que comecei a transmissão de repente, só por você estar escutando o primeiro programa já sou muito grato.

"Enfim, deixando isso pra lá, na verdade telefonei porque o senhor mencionou que estava em um momento de transição na vida. E eu hoje tenho um trabalho que me traz muita satisfação, agradeço todos os dias, sabe? Quando eu era jovem, ajudava no negócio da família, mas o tempo em que se vendiam hortaliças em quitandas pequenas, de rua, já acabou. Então, quando me convidaram pra ir trabalhar em uma empresa grande, aceitei. Até porque a essa altura meus pais já tinham falecido. Eu já tinha mais de cinquenta anos quando tomei essa decisão."

Nossa, não me diga. Imagino que tenha sido muito difícil decidir. E agora, como estão as coisas?

"Hoje eu acredito que foi uma ótima escolha. Torço pra que você também possa dizer o mesmo no futuro, DJ Ark."

Muito obrigado por tanta atenção e preocupação com um locutor de rádio desconhecido.

"Não há de quê. Mas sabe que hoje o mercado central estava uma confusão, não consegui comprar o que es-

tava buscando. Acabei desistindo de fazer a reposição e indo embora, mas no fim estamos parados dentro do carro até agora, eu e o meu empregado, que está no volante."
Puxa, é mesmo? Muito gentil da sua parte ligar em um momento tão conturbado.
"Ah, mas é justamente nessas horas que o rádio salva a gente, Ark. O caminhão está parado bem no meio de um cruzamento. Os carros foram ficando todos atravancados e agora ninguém consegue mais sair do lugar. Bom, acho que vou desligar, porque meu empregado está ficando exausto. Por favor, continue com o programa por nós, seus ouvintes!"
Muito obrigado, sr. Canola.
"Até logo."
Até.
Puxa, esse congestionamento parece terrível, hein, sr. Canola? Então quer dizer que até a região norte de Kanto foi afetada... Eu com essa amnésia não estou acompanhando nada direito e sigo falando assim tão tranquilamente, me desculpem.
Continuando, temos mais uma mensagem pra ler. Pseudônimo imaginário: Eu, da loja de armários.
"DJ Ark:
"É meio esquisito te chamar assim, então vou falar Fuyusuke mesmo. Eu estava ouvindo o programa e comecei a desconfiar que era você, quando você falou o nome completo, pensei: *Sabia!*.
"Será que você se lembra de mim? Meu nome é Yoko Maeda, a gente estudou junto na escola, na turma do

professor Matsumoto. Meu pai é dono da loja de armários Maeda, nossos pais conviviam muito no Lions Club. Lembro que uma época os dois encasquetaram que deviam construir uma estátua de um figurão do período Edo perto do porto. Queriam fazer uma estátua de bronze de corpo inteiro, não consigo me lembrar de quem. Mas no fim acho que deram com os burros n'água porque não conseguiram convencer o pessoal da associação de pescadores.

"Enfim, o que eu queria dizer é que hoje de tarde vi alguém que acho que era você. Depois que meu quarto tremeu e tremeu, tanto que não dava pra ficar em pé sem se segurar em alguma coisa, e esse tremor durou tanto tempo que deu vontade de chorar, eu liguei correndo o rádio. O boletim de emergência disse que haveria um tsunami de seis metros. Sendo só seis metros, pensei que bastaria carregar minha mãe, que tem as pernas ruins, até um pouco acima na montanha e ficaria tudo bem, então fui para o andar de baixo e chamei meu pai. Pegamos minha mãe, que estava paralisada de susto do lado da mesinha kotatsu na sala dos fundos, vestimos nela todas as roupas possíveis e saímos de casa.

"No começo, enquanto levava minha mãe pela mão, eu ia virando a toda hora pra ver o lado do mar. Depois comecei a pensar nas pessoas da vizinhança — será que elas estavam bem? Tinha gente correndo, gente gritando o nome dos parentes dentro de casa. Nessa hora em que estava olhando ao redor, vi um homem de blusão vermelho na varanda do quarto andar de um prédio à direita da rua. Ele estava olhando em direção ao mar.

Acho que pensei que era você, Fuyusuke, porque no dia anterior um colega de escola tinha comentado que você ia mudar de volta pra cá. Eu não sabia onde vocês iam morar, mas numa cidade pequena assim a gente já supõe em que área vai ser, sem nem se dar conta.

"Não entendi por que você não estava fugindo. Será que era por causa do primeiro boletim, que disse seis metros? Ou você tinha vivido tempo demais em Tóquio, sem fazer treinamento para emergências? Também pareceu que talvez você estivesse falando com alguém do lado de fora. Mas não consegui pensar muito nisso, continuei encorajando meu pai a seguir até a viela ao lado dos Laticínios Tokita, onde pegamos meu carro no estacionamento e subimos a ladeira.

"Não tenho forças para descrever em detalhes tudo o que aconteceu depois, mas uma conhecida bateu na janela do nosso carro e disse que era pra gente tomar todo o cuidado possível, então resolvemos ir até um lugar mais alto ainda. Deixei meus pais naquele planalto onde fica a serralheria e tentei correr de volta até em casa para pegar uns documentos do banco sobre os quais minha mãe falava sem parar, como uma louca. As ruas estavam surpreendentemente vazias, achei que ia dar certo.

"Depois de dirigir bem pouco sozinha, vi que uma coisa inacreditável começava a acontecer ao longe. Toda a metade de baixo do céu foi ficando preta. Entendi que aquela história de seis metros era mentira. Casas começaram a balançar ao mesmo tempo, depois prédios e carros se juntaram a elas. Todo tipo de construção se agitava e se movia, para cima e para baixo, de um lado para outro. Manobrei de qualquer jeito e acelerei de volta na direção dos meus pais. Dessa vez, todas as ruas por onde tentei passar estavam bloqueadas por outros carros. Larguei o meu e corri, me voltando para olhar para trás de novo e de novo.

"Passou bastante tempo depois disso, Fuyusuke. Quando dei por mim, todo o meu corpo estava encharcado. Tenho a impressão de ter visto de relance, uma hora em que olhei para trás, alguém de blusão vermelho sendo erguido bem alto e girando. E, um instante depois, desaparecendo para dentro da água. Talvez eu também tenha sido engolida pela água. O desespero deixou minhas memórias todas entrecortadas. Mas, em certo momento, o blusão vermelho apareceu de novo, à minha direita, acima de onde costumava ser o rio, passando numa velocidade impressionante.

"E então acho que vi o blusão ser carregado em direção à montanha coberta de cedros, enganchar em uma árvore e ser sacudido para lá e para cá. Mesmo depois que a água baixou, olhei mais algumas vezes para esse homem de casaco vermelho. Ele nunca se moveu. Eu também não conseguia me mexer, meu corpo parecia ter se chocado contra alguma coisa e ficado dormente. E assim a noite caiu. Passaram-se horas e você continuou exatamente igual.

"Fuyusuke, por isso fiquei um pouco aliviada ao te ouvir falando assim com tanto entusiasmo! Desça logo daí."

Nossa, fui lendo tudo de uma vez e agora não sei por onde começar. Bom, antes de mais nada, eu lembro perfeitamente de você, Yoko. Há quanto tempo! E eu estou mesmo usando um blusão vermelho agora, como você descreveu. Só que não tenho nenhuma memória dessas coisas terem acontecido comigo. Realmente não entendo... Será que isso significa que a única memória que eu tenho, a sensação do meu corpo sendo erguido no ar, é de ter sido engolido por uma onda? Pra começar, essa árvore aqui tem muito mais que seis metros. Deve ter mais do que o dobro disso. Será possível uma onda chegar até aqui?

Mas é, você comentou que eu estava sem me mover há várias horas, e, pensando bem, já faz um bom tempo que não me mexo. Por um lado estou estranhando como é que consigo ficar assim imóvel, vestindo só um blusão impermeável, nessa neve, no meio da madrugada. Então, quase chego a pensar: se será que eu, será que eu não... Mas não pode ser.

Seja como for, tem alguma coisa muito fora do normal aqui.

Hã, vamos para um intervalinho rápido.

Ouvir uma música.

Vejamos. "Águas de março", com Tom Jobim, o gigante da bossa nova.

Pra quem não sabe do que se trata: imagine que está ouvindo.

Só que vou deixar tocando no *repeat* até eu voltar, então podem aproveitar para ir resolver alguma pendência, abraçar a felicidade em sonhos, fiquem à vontade.

Aqui vai.

2.

Eu não consigo ouvir a voz.

A imagem intensa dessa pessoa em cima da árvore está gravada dentro de mim, indelével, posso dizer que estou obcecado por ela, mas a voz, o mais importante, eu não escuto.

O que é que ele está dizendo?

Estava dizendo?

Acho que preciso me concentrar mais.

Mas também — e não digo isso para me justificar —, num dia nublado de primavera, há um mês, quando peguei um avião de Haneda para Fukuoka para participar de uma cerimônia budista em memória de meu pai, a mudança de pressão no avião me afetou muito, talvez por eu estar meio resfriado, e logo depois da decolagem comecei a sentir uma dor aguda no ouvido. Tentei várias vezes bocejar para ver se aliviava a pressão, mas não adiantou. Meu ouvido direito ficou completamente surdo.

Chegando a Fukuoka, peguei um táxi e entreguei ao motorista a página impressa do Google Maps para ele me levar direto ao templo em Hakata, que ficava de frente para uma avenida. Tive que acompanhar todos os sutras entoados pelo monge só com o ouvido esquerdo, era a cerimônia do segundo aniversário da morte do meu pai, e depois, nas conversas com os parentes que eu não via fazia tempos, meus tios e tias, primos e primas, todos magros e morenos, fiquei inclinando a cabeça num ângulo esquisito. Minha mãe estava de cama, justo nesse dia ela ficou mal de saúde.

O ouvido melhorou um pouquinho, só o bastante para eu conseguir escutar alguma coisa, mas minha própria voz ecoava bem alto, presa no lado direito do meu crânio. Aos poucos, fui ficando em silêncio, tanto que vários parentes perguntaram se eu estava cansado. Eu sorria e balançava a cabeça para responder que não, e toda vez sentia uma pontada lancinante no fundo do ouvido.

Depois passei a noite na casa da minha mãe, deitado no sofá da sala fingindo que escutava enquanto ela falava sem parar ao meu lado, e quando voltei para Tóquio fui à otorrino, uma médica gentil com quem eu já tinha me consultado vez ou outra por causa de uma dor de garganta ou coisa assim. Ela espiou por um momento dentro do meu ouvido com o espelho frontal preso no alto da cabeça, soltou umas exclamações de surpresa e no mesmo fôlego declarou que era aerotite e que ela ia fazer um procedimento ali mesmo. Disse que era simples. Não tive a opção de recusar.

    Ela me transferiu para outra cadeira do consultório, onde estava uma pequena manta estampada com personagens de desenho animado, talvez eles atendessem muitas crianças lá. Eu não soube onde colocar a manta, então desisti e fiquei com ela sobre os joelhos.

    A médica me mandou virar de lado, com o ouvido que não escutava voltado para ela, e rapidamente aspirou o interior dele usando um tubo de alumínio curvo como o focinho de um tamanduá.

    A incisão no tímpano foi coisa de um segundo, nem vi o instrumento. Eu estava lá parado quando algo fez *vush* no fundo do meu ouvido. Depois ela aspirou mais uma vez com o focinho de tamanduá.

    Pronto, o procedimento já acabou, ela disse. Vou receitar alguns remédios, tá? De resto, pode fazer o que quiser, menos nadar. Agora você está escutando, né?

    De fato, minha audição estava melhor. Os sons do mundo exterior chegavam um pouco abafados, mas bem diferentes de antes, quando parecia que minha orelha estava tampada e eu não escutava nada. Tomei direitinho os remédios e antibióticos receitados e, várias vezes por dia, deitava de lado para pingar o antibiótico e o corticoide líquidos. Aprendi que existem esses medicamentos que parecem um colírio pro ouvido.

    Só que, depois disso, o ouvido esquerdo é que começou a ficar ruim. Já me acontecia antes de, depois de muito tempo em um bar ou outro lugar barulhento, os sons ambientes começarem a soar mais altos e estridentes do que eram na realidade. Quando essa sensação começava, não parava até eu sair do local. Acontecia mais em lugares fechados e de concreto — quem sabe meus ouvidos eram sensíveis à reverberação.

 Mas, depois da aerotite, essa tendência piorou. Eu me dei conta disso umas três semanas depois do procedimento, quando tive reuniões duas noites seguidas em bares lotados, cada vez com um editor diferente. Nas duas vezes, a hipersensibilidade começou imediatamente no meu ouvido esquerdo.

 Eu devia ter marcado as reuniões em lugares mais tranquilos, mas em ambos os dias eu tinha combinado de assistir a peças de amigos dramaturgos, em Shimokitazawa e em Sangenjaya, e esses bares grandes de franquias eram as melhores opções para garantir uma mesa depois das peças. Ambos os editores queriam que eu fizesse um livro com o conteúdo dos cursos que dava em um centro cultural, três vezes por semana. É que você escreve muito pouco, S., desse jeito os leitores vão se esquecer de você, foi o que os dois disseram, como se tivessem combinado. Enquanto eu ouvia essas palavras dolorosas, os gritos dos jovens ao nosso redor cresciam estridentes no meu ouvido esquerdo, até que ele começou literalmente a doer. Para piorar, eu não conseguia mais escutar bem o que queria ouvir, a voz de quem estava conversando comigo.

 O ouvido direito ainda não estava perfeito depois do procedimento, então, quando o esquerdo também começou a piorar, fui ficando aflito. Sempre elogiaram minha audição. Eu escutava sirenes de polícia desde muito longe, era relativamente bom em identificar a voz das pessoas. Uma vez, uma namorada até me agradeceu, dizendo que apesar da voz dela ser baixa eu sempre escutava com atenção. Então estar ruim dos dois ouvidos me deixava bem chateado.

Mas será que tudo isso não estava acontecendo precisamente para eu poder ouvir a rádio do sujeito no alto da árvore? Essa ideia estranha me ocorreu, e, com a vaga esperança de que meus ouvidos estivessem sintonizando uma frequência de ondas diferente, experimentei, em vez de tentar ouvir melhor o que me cercava, bloquear os ruídos do mundo exterior e me concentrar no outro som que eu esperava que chegasse até mim. Mas ele não me alcançou.

Seis meses depois do terremoto de Tohoku, fui fazer alguns dias de trabalho voluntário em Miyagi, e, seis meses mais tarde, em Fukushima, e nos dois lugares ouvi falar dessa pessoa na árvore.

Em Miyagi, foram pessoas que estavam abrigadas numa escola primária em um planalto, depois de o tsunami ter arrasado sua cidade na costa da província, que apontaram para trás de mim — eu, que somente meio ano depois do desastre tinha ido levar alguns suprimentos —, na direção de um riacho que serpenteava distante, depois das montanhas periclitantes de madeira molhada, de pedaços de metal retorcidos como trapos, de utensílios domésticos e tecidos coloridos que se erguiam às minhas costas, recobertas por hordas de moscas e corvos, e me contaram, em poucas palavras, que umas duas montanhas adiante uma pessoa ficara presa no alto de um cedro. No instante em que ouvi isso, essa passou a ser uma memória da qual eu mesmo nunca esqueceria.

 Quando, seis meses mais tarde, visitei como voluntário as moradias temporárias em Fukushima e ouvi boatos de que algo semelhante havia acontecido na área isolada pela contaminação, fiquei surpreso. Não era possível que estivessem falando da mesma pessoa, porém, na minha mente, não pude deixar de unir os dois corpos. Mais do que isso, sentia que esse corpo estava em todos os lugares, nos observando do alto. Nas duas regiões, os troncos e galhos das árvores estavam manchados de um tom escuro alaranjado, marcando até onde a onda alcançara. Tinham mudado de cor por causa do sal. A altura dessa marca era inacreditável. Pensei que, se a tal pessoa tinha sido carregada até o topo de uma árvore, deveria ser um cedro jovem no interior das montanhas, cuja casca estaria completamente tingida de ferrugem.

 Estou dentro de um carro, no meio da noite, voltando para Tóquio depois dessa estadia em Fukushima. Nossa van branca atravessou cidades destruídas onde os semáforos eram as únicas luzes acesas. É uma van para oito pessoas, mas na viagem para Fukushima a última fileira de bancos foi lotada de coisas como sandálias, macarrão instantâneo e papel higiênico, e, na volta, está cheia de caixas de papelão, televisões quebradas e afins, então somos apenas cinco pessoas, contando comigo.

Nao, o líder do grupo, está no banco do passageiro. Quem dirige, como sempre, é Kô, um moço pálido e baixinho. Na fileira de trás, no banco individual do lado esquerdo, está um fotógrafo mais velho do que eu chamado Gamu, eu estou na janela da direita, e, logo ao meu lado, Chuya Kimura, um jovem alto.

Atravessamos por muito tempo regiões desertas em que a escuridão parecia vir de baixo para cima, brotando do chão. Pensei que incontáveis vozes também deviam brotar dali, mas não pude ouvi-las. O que eu queria ouvir com mais urgência era a voz da pessoa em cima da árvore. Falei sobre isso, em poucas palavras, com meus companheiros de viagem. Disse, quase num sussurro, que não devia ser por causa dos meus ouvidos ruins, mas que eu não conseguia de jeito nenhum escutar essa voz. Então Gamu, que trabalhava regularmente como voluntário desde pouco tempo depois do desastre, disse que tinha a impressão de estar ouvindo alguma coisa, já fazia um tempo.

Foi esse fotógrafo, que nossos colegas de viagem também chamavam pelo apelido de Gamu, apesar de terem idade para serem seus filhos, quem me convidou tanto para Fukushima quanto para Miyagi. Ele continuou a falar, no escuro:

"Quando estive em Hiroshima, há uns sete anos, acho que também escutei essa algazarra, ou umas vozes fervorosas. Quem estava comigo nessa viagem era uma vidente transgênero, autodeclarada médium. Desde jovem ela era atormentada por espíritos e vozes, chegou até a ser internada em um hospital psiquiátrico. Nós fomos amigos muito próximos durante um tempo. Ah, S., você sabe quem é! Era conhecida como Chiko, lembra? Segundo ela, seu nome se escrevia com o *chi* de 'sabedoria' e o *ko* de 'criança', mas muita gente zombava dizendo que devia ser o *chi* de 'idiota'.

"Se numa hora ela revirava os olhos e saía falando como se estivesse possuída, na outra fazia comentários muito sensatos e filosóficos, não era? Uma pessoa fantástica, muito culta, com um olho incrível pra fotografia… Para mim, ela era 'filha da sabedoria', mesmo. Mas, como você deve saber, já faz um ano que ela desapareceu, ninguém mais teve notícias dela…

"Chiko contava muitas histórias, mas a minha preferida era a do volume da televisão. Você já ouviu, S.? Não? É hilária. Quando eu a conheci, já tem mais de dez anos, a Chiko só via televisão com o volume no mínimo. Isso porque um dia ela estava vendo tv quando apareceu escrito na tela *onryô*, 'volume'. Dizia que o volume estava em vinte, se não me engano. Só que ela leu esse *onryô* achando que era a palavra homônima para 'fantasma', pensou aflita que não podia deixar vinte fantasmas por aí desse jeito, e apertou rápido os botões do controle remoto para diminuir o número. 'O ideal é ter zero fantasmas, né?', me disse ela, dando risada. E aí no fim parece que se acostumou a ver televisão no mudo, e se orgulhava de ter aprendido leitura labial desse jeito. Uma figura!

"Bom, voltando pra essa história de sete anos atrás: Chiko resolveu que precisava fazer uma cerimônia para o descanso das almas de Hiroshima. Ocupou várias casas noturnas lá, com programações a noite toda, pintura ao vivo, jovens rappers cantando mensagens, projetaram umas gravações raras daquelas reuniões do movimento antinuclear da década de setenta chamadas de *gatherings*... Foi tudo feito por uma rede pequena e local, mas conseguiram montar um evento bem animado de vários dias.

"E aí, no último dia, de manhã bem cedo, depois de passarmos a noite inteira vendo vários shows, nos reunimos diante do cenotáfio em homenagem aos mortos, no parque Memorial da Paz, com um xamã do Havaí e uma cantora de música havaiana famosa aqui no Japão, para fazer uma cerimônia de canto e dança como réquiem para os mortos. Nunca vou me esquecer.

"Acho que foi justo no começo de agosto, próximo à data da bomba. O ar do parque ainda estava fresco por causa da noite, a alvorada branca de verão começava a clarear. Fomos chegando aos poucos, eu, Chiko e mais algumas pessoas locais que ajudaram a organizar o evento. Viemos cada um de um canto, sentindo no corpo todo o cansaço da noite passada em claro, junto com a expectativa pelo que iria acontecer ali, e nos reunimos bem na frente do cenotáfio.

"Logo depois, vi duas figuras se aproximando devagar desde a entrada do parque. Uma era o xamã havaiano, um homem baixo, de camisa florida sobre a pele bronzeada, saia de ráfia na cintura e um tipo de coroa de samambaias na cabeça. A outra era uma cantora japonesa de música havaiana, com um vestido largo azul-claro. Ela também tinha plantas enfeitando a cabeça e, lembro bem, uma grande flor de hibisco sobre a orelha. A aura de dignidade daqueles dois fez todo mundo acordar.

"Foi uma cerimônia discreta, durou só uns dez minutos. O xamã recitou suas rezas solenes e ritmadas, sem nenhum acompanhamento, e em seguida a mulher cantou com esmero uma canção e dançou com tanta naturalidade que a dança parecia ser apenas parte da música. Chiko ficou ajoelhada diante deles, com a testa pousada sobre o chão de concreto, escutando. Parecia estar recitando algo, mas não sei o quê. Só cliquei minha câmera três vezes, em momentos que não pude deixar de registrar. Tinha a sensação de que até o pequeno ruído do obturador poderia atrapalhar o consolo das almas.

"Naquela manhã de verão não havia mais ninguém no parque exceto o xamã, a cantora e nosso pequeno grupo assistindo. Mas sabe, S... Eu escutei algo como um clamor, numa outra frequência de onda, diferente das cigarras que começavam a cantar. Não, não era bem um clamor. Talvez fosse uma mistura de urros de raiva e gritos alegres de crianças.

"Falo assim porque, na noite anterior, enquanto Chiko e eu caminhávamos entre os clubes onde estava acontecendo o evento, ela ficava sacudindo a barra da sua saia longa, que chegava aos tornozelos, e falando:

"'Esperem um pouco, pessoal. Fiquem quietinhos, por favor. Amanhã de manhã vamos rezar por vocês, tá? Mas vocês têm que esperar até lá. Já esperaram décadas, aguentem só mais um pouquinho. A gente tá se preparando. Tá tudo bem. Amanhã de manhã!'

"Numa dessas horas ela sorriu pra mim, sem jeito, e disse que estava difícil, com aquele bando de crianças aparecendo, vindo de todo canto da cidade. Falou que eles já estavam sabendo que no dia seguinte nós traríamos um xamã das ilhas onde fica Pearl Harbor, para rezar tanto pelas vidas perdidas lá, onde a guerra começou, quanto pelas vidas perdidas ali em Hiroshima, onde a guerra terminou. E que estavam muito impacientes, principalmente as crianças.

"Perguntei se ela conseguia ver essas crianças, e ela respondeu 'ué, você não consegue?'. Ela disse que estavam por toda a cidade e gritavam muito, era exaustivo. Na hora eu não cheguei a acreditar, mas também não tentei discutir. Só perguntei a ela por que as crianças ainda estavam pela cidade, se já haviam feito tantas cerimônias para o sufrágio das almas ao longo dos anos. E aí, sabe o que ela respondeu? Disse que eu devia achar que os espíritos partiam para o outro mundo e depois disso só voltavam para cá no festival de Obon, mas que, na verdade, não era assim, que eles iam e vinham à vontade.

"Vai ver ela só era louca, mas essa sua visão de mundo e a maneira como ela escolheu fazer o réquiem me comoveram profundamente. Chiko tinha me convidado para ir a Hiroshima como fotógrafo, dizendo que ia fazer as rezas necessárias para o país naquele momento, mas eu não tinha ideia de como seria."

Gamu se calou. Talvez sua história tivesse terminado. Eu esperei para ver se ele ia continuar. Acho que os três jovens no carro também estavam esperando. Ali dentro, com todas as janelas fechadas, só se ouviam o som do motor e a nossa respiração discreta.

Depois de algum tempo, como se a longa pausa não o incomodasse em absoluto, Gamu entreabriu os lábios fazendo barulho. Eu escutei claramente esse som, que ecoou voluptuoso, evidenciando mais uma vez a posição de Gamu dentro do carro.

"Sabe, S., esses gritos de alegria e de raiva das crianças, que eu ouvi naquele dia... Não, acho que era um clamor, mesmo. Não consigo me esquecer deles. No começo, achei que meus ouvidos estavam zunindo, mas logo virou um som como uma algazarra de crianças numa escola distante, depois um ruído grave como um tremor de terra, e ao mesmo tempo o som de gotas de chuva tamborilando como aplausos...

"Nessa hora, pensei que tanto daria pra dizer que essa reza conjunta com xamãs dos dois países — Estados Unidos e Japão — havia finalmente reconciliado e consolado as almas, quanto que os espíritos dos dois lados tinham se ofendido e rugiam com seu orgulho ferido. Isso se eu for analisar a situação racionalmente. Mas, seja como for, se considerarmos que os espíritos existem, então eles deveriam estar excitados e soltando gritos estridentes pelo fato de, mais de sessenta anos depois da guerra, ter surgido alguém tentando consolá-los de uma maneira inédita.

"S., eu não acredito em espíritos, mas mesmo assim acho que é bem possível que essa pessoa no alto da árvore esteja falando alguma coisa, ainda que certamente não seja com gritos estridentes. Mais do que isso... enquanto te ouvia falar, tive a impressão de que uma voz distante alcançava meus ouvidos, como naquele dia em Hiroshima.

"Mas, diferente daquele dia, era uma voz só, masculina. Captei essa voz por um momento, entrecortada, como num telefonema com sinal fraco. Era curiosamente animada."

A essa altura, Gamu tomou um gole d'água da garrafa que tinha em mãos — senti seu gesto na escuridão. Também percebi que ele massageou com os dedos a cabeça de cabelos curtos e grisalhos. E, depois disso, se calou de verdade.

Ele devia estar cansado. Dois anos antes, Gamu havia descoberto um câncer na laringe, ainda nos primeiros estágios, e feito uma operação na garganta. A cirurgia e a reabilitação foram um sucesso, mas ele definitivamente ficou mais calado depois disso. Era raro vê-lo falar tanto como naquela noite.

Na verdade, a assistente de fotografia de Gamu havia dito a Kô, o mais jovem do nosso grupo de voluntários, que ela desconfiava de que o câncer de Gamu estava se espalhando para os gânglios linfáticos. Kô me contou isso naquela tarde, num sussurro triste e apressado, aproveitando um momento em que Gamu usava o banheiro compartilhado da moradia provisória. Segundo a assistente, Gamu fizera um exame minucioso, mas, por algum motivo, não havia contado o resultado a ninguém.

Mesmo sua esposa, que costumava visitar bastante o estúdio e preparar alguma comida especial para os funcionários — um cozido coreano ou *takikomi gohan* —, ultimamente só aparecia por um minuto para conferir algum documento e logo ia embora. Ninguém além do casal sabia o que se passava com Gamu.

Não sei por que Kô decidiu contar isso só para mim. Eu perdera meu pai para um câncer de origem indefinida, mas Kô não sabia disso. Teria sido a intuição daquele jovem sensível?

Primeiro, um calombo enorme apareceu no pescoço do meu pai. Minha mãe me mandou uma foto pelo celular, brincando que ele parecia o velho Kobutori, personagem de uma história infantil. Era o começo do câncer. Meu pai fez alguns exames e decidiu tentar controlar a situação com remédios, pois seu médico falou que uma cirurgia para extrair o tumor poderia espalhar a doença para outras áreas. O tratamento diminuiu um pouco o calombo, mas não impediu que o câncer se alastrasse para o resto do corpo.

Durante os dois meses que meu pai passou internado, eu o visitei sempre que podia, indo frequentemente à minha cidade natal, para onde eu quase nunca voltava antes disso. Com a violência de um vagalhão, o câncer tomou todo o seu corpo, marchou ao longo da sua medula incendiando tudo, até deixá-lo incapaz de caminhar.

Para levar meu pai ao banheiro, eu ou minha mãe o acomodávamos em uma cadeira de rodas com a ajuda de uma enfermeira. Na volta, ele queria sair sozinho da cadeira para a cama. Passado apenas um mês, ele já não era mais capaz de se pôr em pé, mesmo apoiando as mãos nos braços da cadeira e se empenhando ao máximo. O esforço o fazia tremer, contraindo seu rosto numa careta, mas suas nádegas só se erguiam alguns milímetros da cadeira. Se tentávamos ajudar, ele recusava, sacudindo a cabeça. Certo dia, pôs o queixo no apoio de braço e travou os dentes: pretendia usar a força do queixo para se erguer. Um som agoniado escapou da sua garganta.

Eu queria ajudá-lo, mas pensei que isso iria ferir seu orgulho. Por outro lado, se não fizesse nada e o deixasse daquele jeito, meu pai seria obrigado a reconhecer sua impotência diante de mim. No último segundo, meu braço se estendeu num gesto involuntário e envolveu suas costas. Um instante antes, uma jovem enfermeira, cuja aproximação eu nem havia percebido, encaixara o ombro sob a axila esquerda do meu pai. Com movimentos absolutamente profissionais, ela o colocou em pé e exclamou "Vamos lá, voltando pra cama!", como se ele estivesse se movendo por vontade própria. Eu a agradeci em silêncio, com um aceno de cabeça.

Meu pai faleceu em pouco tempo. Durante as últimas duas semanas, não conseguia mais sair da cama e pedia massagens para mim e minha mãe, para aliviar as dores nas coxas e nas costas. Tocando-o assim, eu acompanhava como ele emagrecia dia a dia, sentia na palma das mãos os tendões cada vez mais secos e salientes. Ele já não tinha mais energia para se preocupar se nós percebíamos essas mudanças. Só se agarrava tenazmente ao desejo de voltar à vida, buscando extrair forças de algum outro lugar que não o corpo. A quantidade de morfina aumentava a cada dia, assim como o tempo que ele passava semiconsciente. Desconfio que nem em seu leito de morte meu pai percebeu que estava próximo do fim.

Eu não queria que isso acontecesse com Gamu. Éramos amigos de longa data e eu confiava quase excessivamente naquele fotógrafo apenas cinco anos mais velho — posso até dizer que o via como um pai ideal. Nos conhecemos em uma viagem para uma ilha no sudeste da Ásia, fazendo uma reportagem com fotos para uma revista de turismo. Isso foi há mais de quinze anos, no final do século vinte.

Era uma matéria paga, porque na época a ilha estava investindo forte em resorts. Nós passamos alguns dias hospedados em um hotel com chalés espalhados por um terreno enorme, saindo de barco para pescar, passeando de carro pela ilha, esse tipo de coisa. O hotel era cheio de seguranças de camisa polo branca e calças azul-marinho. Logo no primeiro dia eles vieram puxar conversa, cheios de simpatia, e em pouco tempo já estavam mostrando as armas que traziam presas à cintura. Para proteger os hóspedes das gangues da região, disse um deles. Gamu tirou uma foto em que eu saía segurando uma arma ao lado de um segurança que posava de braços cruzados.

Quando caiu a noite, entendemos parte do motivo de tanta simpatia. É que eles também ofereciam prostitutas para os hóspedes do resort. Ou seja, eles eram a gangue. O editor que estava nos acompanhando na viagem levou uma menina para o quarto já naquele dia. Eu recusei. Gamu só bebeu um pouco e também se recolheu cedo, sozinho.

No dia seguinte, e no outro, os seguranças continuaram tentando nos vender as meninas. O mais velho do bando, um homem de porte médio e cabelo crespo chamado Berto — provavelmente uma variação do nome Roberto, das classes dominantes no tempo da colônia —, insistia na proposta toda vez que nos encontrava saindo para fazer uma reportagem, e depois de novo quando voltávamos. O editor contratava uma diferente a cada dia. Com seus vestidos cafonas rosa-choque ou verde-limão, as moças iam e vinham pelos gramados subtropicais do hotel, sob a luz amarela dos postes. Gamu e eu não nos envolvemos com elas.

Na noite do segundo dia, quando recusei novamente uma prostituta, Berto arregalou os olhos e exclamou bem alto: "Já sei! O que você quer não é mulher, é droga!". E me explicou que, nesse caso, ele tinha uns cristais maravilhosos, era só fumar para ter uma viagem incrível. Respondi que também não estava interessado nisso, que eu tinha vindo só para ver o céu e o mar, mesmo. Não queria mulheres, nem drogas, e, de qualquer maneira, não poderia escrever sobre nada disso na matéria.

Gamu, sentado na varanda do chalé ao lado, acompanhava a nossa conversa enquanto organizava seu equipamento de fotografia sobre a mesa de plástico. Lembro que o vento soprava da direção dele e trazia um leve cheiro de óleo de máquina, porque naquele tempo ainda não se usavam câmeras digitais. Gamu deixou escapar uma risada grave e falou para Berto, meio tossindo, que nem todo mundo queria as mesmas coisas que ele. O segurança olhou mal-humorado para ele e perguntou o que nós queríamos, então? Morcegos ziguezagueavam pelo céu noturno. Mariposas esvoaçavam ao redor das lâmpadas.

Vamos comer juntos, então, respondeu Gamu. Na sua casa, que tal? Berto arregalou os olhos e repetiu: na minha casa? Depois acrescentou, rindo, que em um quarto de século ninguém nunca tinha pedido uma coisa daquelas. Mas, para minha surpresa, propôs um jantar no dia seguinte. E apontando para o rosto de Gamu, avisou que, depois de provar a comida da mulher dele, a gente não ia mais querer voltar pro Japão. A conversa tinha tomado um rumo muito inesperado.

No último dia da viagem, voltamos para os chalés depois de visitar um restaurante e uma casa de massagem recomendados pela associação de turismo e pela companhia aérea. O editor, como de costume, levou para o quarto uma moça providenciada por Berto, parecendo já lamentar que aquela seria a última. Enquanto isso, Gamu e eu nos encontramos com o segurança diante dos nossos quartos, o acompanhamos para fora do hotel e entramos em seu sedã maltratado, no qual andamos por uma meia hora.

    A casa de Berto ficava na extremidade de uma pequena vila afastada do centro da cidade. O jardim diante da casa estava repleto de pequenas flores coloridas. Ele nos convidou para passar por uma trilha estreita feita de tijolos, explicando orgulhoso que sua mulher gostava de jardinagem. Antes mesmo que ele pudesse tocar a campainha, a porta foi aberta por uma mulher sorridente, de cabelos castanhos, com um vestido florido justo. Atrás dela estavam duas meninas tímidas, que pareciam estar arrumadas com suas melhores roupas. A mais velha, que devia ter uns treze ou catorze anos e era a cara da mãe mas já a ultrapassara em altura, usava um vestido que lembrava o filme *Lolita*, de Kubrick, de xadrez miúdo azul-claro e branco, com um cinto marrom apertado na cintura.

    Cumprimentamos as três, entramos na casa e encontramos a mesa de jantar já posta, com muitos pratos — cozido de feijão com legumes, espetinhos de carne, algo que lembrava rolinhos primavera, uma travessa de arroz fumegante, entre outras coisas. Gamu e eu nos sentamos nas cadeiras de madeira que nos indicaram, ganhamos cervejas e brindamos com Berto, fazendo tilintar as garrafas verde-escuras de uma marca local. A esposa e as filhas nos olhavam e sorriam. Eu jamais imaginaria estar na casa do líder de um esquema de prostituição.

    Porém, ao longo da refeição Berto bebeu com cada vez mais entusiasmo, e quando já estava virando uísque puro e arrastando as palavras com a voz rouca, chamou para perto de si a filha mais velha, a do vestido, apontou para Gamu e disse a ela que se sentasse ali no colo do tio e servisse cerveja para ele. Afinal, acrescentou ele, algum dia esse poderia ser o trabalho dela.

Quando ouvi essa piada de mau gosto meu sangue ferveu, fiquei sem palavras e tive vontade de esmurrar a mesa. A reação de Gamu, no entanto, foi diferente. Ele deu uma gargalhada exagerada e interrompeu a menina com um gesto, depois se levantou devagar, ainda segurando sua cerveja, foi até o lugar de Berto na cabeceira e, com dois tapinhas em seu ombro, o convidou para fora da casa.

Os dois homens passaram reto por mim, que observava boquiaberto, e foram se sentar em um banco no jardim. Gamu começou a falar. Observando através do vidro, eu não ouvia nada. Berto gesticulava enfaticamente e parecia estar respondendo às palavras de Gamu. Fiquei na mesa e, sempre espiando o que acontecia lá fora, tomei o resto da minha cerveja e agradeci com um aceno de cabeça quando a esposa de Berto serviu calada um bolo de cores vibrantes e um café bem forte.

Foi Berto quem mais falou. Gamu apenas escutava. A expressão de Berto era tão séria que chegava a dar medo. Quando eu estava terminando de comer a sobremesa, ele apertou a mão de Gamu com ambas as suas e se inclinou num gesto de agradecimento. Depois ainda abraçou o fotógrafo, balançando emocionado a cabeça.

Depois que Berto nos deixou de volta no hotel, Gamu e eu fomos beber em seu quarto. Eu perguntei o que havia acontecido, é claro, e tudo o que Gamu respondeu foi que dissera para Berto se valorizar mais. Não disse nenhuma palavra sobre o que o segurança havia falado nem explicou a agitação dele. Vendo isso, pensei em como seria bom ter um pai assim, um adulto capaz de fazer as pessoas se abrirem, de acolher tudo o que elas dissessem e conduzi-las a uma solução amigável. O pai que eu realmente tinha era um homem covarde, pentelho, e que, assim como eu na casa de Berto, era esquentadinho, mas não sabia lidar com as coisas e tendia a desconversar e fugir da realidade. Sempre criou caso com os vizinhos, desde que eu era criança.

Eu não poderia aceitar que a mesma doença que levou esse meu pai maltratasse e matasse um homem como Gamu. Provavelmente meu pai ficaria frustrado ao ver que a experiência de sua morte não me ensinara nada. Eu, de minha parte, seria obrigado a enfrentar mais uma vez minha impotência. E, acima de tudo, eu ainda precisava de Gamu.

"Os mortos não falam. Essas coisas não passam de sentimentalidade anticientífica."

Uma voz grave e rouca soou de repente. Eu não estava na ilha com Berto, nem no quarto de hospital com meu pai, mas no interior completamente escuro de um carro, indo de Fukushima a Tóquio. O dono da voz era Nao, líder do nosso grupo de voluntários. Eu não sabia seu nome verdadeiro. Todo mundo chamava de Nao aquele jovem robusto, com os dois lados da cabeça raspados num quase moicano, então eu fazia o mesmo.

Sentimentalidade anticientífica. Do banco do passageiro, Nao devia estar falando isso para nós, sentados no banco de trás. Para mim, obcecado pela ideia de que o morto no alto da árvore se queixava de algo, e para Gamu, que respondera que estava escutando alguma coisa. Ele continuou com seus argumentos, falando com clareza. Inclinei um pouco a cabeça para escutá-lo com o ouvido esquerdo.

"A nossa maior preocupação deveria ser com as pessoas que ainda estão vivas, sabe? Eu entendo que esse desejo de consolar quem morreu seja importante, mas não vemos as famílias desses mortos e as pessoas da região fazendo isso todos os dias, nos ginásios lotados de refugiados e nas moradias temporárias? Todos fazem suas cerimônias para as almas, nem que tenham que improvisar com tabuletas memoriais de papelão.

"Nós, que não temos nada a ver com isso, não podemos invadir esse espaço, esse... território emocional. As pessoas como nós, que não sofreram diretamente nenhuma perda, em vez de contar histórias ou coisa assim, fazem melhor tentando ajudar caladas quem está vivo agora.

"Eu sei que vocês não são insensíveis, Gamu e S., pelo contrário, é justamente por isso que estou dando minha opinião. Mas é que, ouvindo agora há pouco a história sobre Hiroshima, pensei a mesma coisa. Acho que tudo o que nós podemos fazer, o que devemos fazer, é tentar observar e ajudar mantendo uma postura mais afastada."

Essa opinião do Nao me fez engolir em seco. Ele formara uma opinião clara sobre a questão na prática, enquanto se dedicava ativamente ao trabalho voluntário. Frente a isso, eu estava sendo leviano. Entretanto, não estava totalmente convencido de que as pessoas sem envolvimento direto não podiam imaginar. Algo nessa ideia me incomodava. Busquei as palavras, sentindo que deveria retrucar. Mas foi Gamu quem falou antes:

"Talvez você tenha razão, Nao."

Uma única frase. Gamu não discordou da colocação de Nao, nem acrescentou nada. Então, também fui obrigado a me calar.

No entanto, ouvi outra voz logo ao meu lado. Era Chuya Kimura, o mais velho entre os jovens do carro, um moço de cabelo ondulado cortado rente e barba por fazer, sentado entre mim e Gamu. Ele tossia enquanto falava, talvez por estar um pouco nervoso. Mais uma vez, direcionei meu ouvido funcional para quem estava falando.

"*Cof, cof*. Olha, Nao. Eu quero acreditar que Gamu escutou mesmo alguma coisa, e esse sentimento dele é importante, eu acho. Uma coisa dessas acontecer assim de repente, me parece que é o caso em Hiroshima também... Não quero colocar as duas coisas no mesmo saco, de jeito nenhum, mas mesmo em Tóquio, *cof*, quando trabalhei com jardinagem, ouvi muito sobre o bombardeio aéreo de Tóquio, soube que nessa noite muita gente perdeu a vida de uma vez só. O velho patrão me contou que as bombas fizeram da cidade um mar de fogo, teve gente que morreu queimada, gente que pulou no rio Sumida e se afogou, que morreu asfixiada, ele soube disso pelo pai dele, *cof, cof,* e depois me contou.

"Quando eu ia devolver o material de jardinagem depois do trabalho, o patrão saía da sala pro corredor externo com uma tigela cheia de saquê na mão e dizia: 'Não vai pensando que os mortos partem quietinhos pro outro mundo, não!'. Falava que Tóquio inteira devia ter sido tomada pelos gritos, todos se lamentando, xingando a si mesmos por puro desespero, chorando e esbravejando contra o calor, os gemidos brotando do fundo da garganta até o último suspiro. Me disse que, apesar de não ter visto essa noite com os próprios olhos, desde que seu pai contou sobre ela volta e meia era acordado por pesadelos, mas que nunca se arrependeu de ter ouvido essas histórias.

"*Cof*, eu fico pensando se é muito diferente imaginar as vozes das pessoas antes de morrerem e imaginar suas vozes depois da morte. Elas deviam ter seus rancores ou coisas que queriam ter dito pra alguém, e não vejo problema em tentar imaginar essas coisas, quer dizer, alguém devia mesmo fazer isso e quem sabe S. é essa pessoa, *cof, cof*. É o que eu acho, Nao."

Chuya Kimura pareceu encerrar por aí. Enquanto ele falava, Kô, o jovem pálido que estava no volante, se voltara várias vezes, tentando dizer alguma coisa, mas não conseguira interromper o discurso acalorado. Gamu escutava de braços cruzados e olhos fechados o debate entre os jovens, como o ancião de uma vila.

"Eu entendo, Chuya", disse Nao, ainda olhando para a frente. "Esses casos que você mencionou já estão no passado distante, então pode até ser bom ter várias pessoas contando histórias, pra ninguém esquecer o que aconteceu em Hiroshima ou Tóquio, por exemplo."

Senti que aquele era mesmo um jovem dos novos tempos, tratando o outro pelo primeiro nome apesar de ser mais novo que ele. A voz rouca do jovem moderno continuou a fluir sem hesitação pelo carro.

"Mas, por outro lado, vamos pensar nas pessoas que nós conhecemos, com quem conversamos. A Tokuda, a pequenininha Aki, o Goro... esses que foram os únicos sobreviventes. Você conseguiria chegar pra eles e dizer 'acho que a sua família, lá no outro mundo, está dizendo tal e tal coisa'?

"Desculpe falar assim, mas, S., você é de Hakata e mora em Tóquio faz tempo, não é? Não tinha parentes em Tohoku e nem perdeu nenhum amigo, certo? Eu não acho que esse seja o momento para alguém nessa posição ficar criando narrativas sobre os mortos. Isso não é assunto para histórias, desde o começo, que dirá essa coisa de ouvir ou não a fala de quem morreu... Pra mim, essa é uma visão simplista, um insulto aos mortos.

"Nós que fazemos trabalho voluntário deparamos com essa questão em todos os lugares, S., se você tenta se aproximar das pessoas a partir de fantasias românticas, nunca é bem recebido. As pessoas viram e dizem, você não sabe do que tá falando, você que tem onde voltar, e inclusive vai voltar pra lá, enquanto nós aqui da fila da comida vamos continuar na várzea. Ah, é que antes a gente trabalhava ajudando os sem-teto e costumava distribuir comida na beira dos rios, mas nas moradias temporárias é a mesma coisa. Jogam na sua cara que, enquanto eles vão continuar ali, ao deus-dará, congelando no inverno sem ter pra onde ir, nossa vidinha confortável não mudou em nada e, quando chega a hora, simplesmente voltamos pra ela. Nós voluntários ouvimos muito esse tipo de coisa, e não são só as pessoas locais que nos tratam com desprezo, mas também gente na internet, que não tem nada a ver com o assunto.

"Com tudo isso nós fomos aprendendo, dia após dia, o que devemos e não devemos fazer, S. E isso que você está fazendo agora está no segundo grupo. Essa história do Gamu, isso de escutar vozes na frente do cenotáfio em Hiroshima, não passa do desejo autocentrado de quem quer se sentir útil. Não são sons reais."

"Escuta, Nao", cortou Chuya de pronto.

Todo o braço direito de Nao era coberto, do ombro até o dorso da mão, por uma tatuagem preta de padrões geométricos. Perguntei a ele sobre isso numa noite em que o pessoal da moradia temporária nos emprestou o ofurô para tomarmos banho, e ele explicou que eram padrões que representavam a "força do herói" na Polinésia. Chuya, por outro lado, tinha as costas tomadas por uma bela tatuagem tradicional japonesa, com uma carpa nadando vigorosamente contra a corrente de uma cachoeira. Acompanhar essas duas pessoas opondo suas diferentes ideias dentro de uma escuridão fechada que se movia em alta velocidade fazia com que eu me sentisse em uma mítica embarcação voadora do tipo que aparece em lendas. O homem que trazia na pele o símbolo do peixe agitando as barbatanas continuou seu discurso, tossindo, no centro do veículo.

"Posso falar só uma coisa? *Cof*. Só mais um pouco. Eu concordo que, se for o caso de alguém fingir ser cheio de compaixão e ficar lá com ares de bondade, sendo que na verdade está usando a desgraça alheia como estimulante para suas fantasias e ainda por cima achando que isso garantiu o repouso das almas, isso não é nada mais do que se aproveitar dos outros.

"Mas daí a querer se desfazer de toda e, *cof, cof,* qualquer ilusão e focar apenas no sofrimento das pessoas que estão vivas neste momento... Será que essa postura também não é um pouco presunçosa? Eu acho que não tem como agir perfeitamente, sem nem um pingo de presunção. E, pra falar a verdade, foi com vocês, Nao, que eu aprendi isso.

"No começo eu admirava muito essa gente, tipo, virtuosa e tal e queria me desfazer completamente de qualquer desejo de prestígio, conter qualquer, como posso dizer, qualquer admiração que eu sentisse por mim mesmo por estar sendo útil. Mas, quanto mais tentava suprimir meus desejos, mais ouvia dos locais que esse ar de santo era irritante. Teve um cara, um pescador chamado Miyama, com quem convivi bastante por um tempo num porto pesqueiro, que um dia me desafiou pra um melhor de três de queda de braço, e o combinado era que quem ganhasse podia dizer tudo o que pensava. Olha que eu me esforcei, mas esses caras do mar são foda, têm as manhas na queda de braço. Mesmo ele já tendo certa idade, perdi rapidinho e aí levei um sermão de mais de hora. Miyama foi bem duro, disse que não era pra eu ficar fingindo indiferença, que aquele jeito de quem atingiu a iluminação dava nos nervos, *cof*. E vocês também me deram vários conselhos depois, Nao.

"Com tudo isso fui criando o hábito de, justamente por saber que não sou perfeito, agir sem me preocupar tanto com o que pensam de mim, de focar só em melhorar a situação pras pessoas, *cof*. Foram vocês que me ensinaram isso, que o que importa é se uma coisa é útil ou não, e não adianta pensar mais nada fora isso.

"Só que aí eu também fiquei refletindo, do meu jeito. E agora, enquanto escutava a conversa do S. e do Gamu, consegui pôr em palavras minhas ideias. Será que tudo bem proibir as pessoas de continuar ouvindo, na mente delas, as vozes de quem morreu?

"É verdade que todas essas províncias estão infestadas de supostos médiuns. Esses aí eu acho que estão só fingindo que ouvem as vozes dos mortos e se aproveitando da agonia alheia pra fazer uma grana. Também acho que se alguém escutar alguma coisa dentro de uma moradia temporária, por exemplo, não deve falar disso pras pessoas que estão lá. Seria uma grosseria com quem sobreviveu, quem está em luto pela família que perdeu, sofrendo noite após noite com os pesadelos e as dúvidas. *Cof, cof, cof.*"

Kimura se engasgou por um momento, depois continuou, como uma pessoa que quase cai e, sem parar, segue tropeçando adiante.

"Mas, e se for só dentro do peito de cada um? Se enquanto a gente trabalha não tiver uma parte de nós tentando escutar a frustração, o medo, os arrependimentos de quem morreu, será que as nossas ações não vão ser muito superficiais?

"É o que o meu velho patrão sempre repetia... Bêbado, enrolando a língua, com o baita sotaque de Edo que ele tinha. 'Presta atenção, guri. Não vai achando que, só porque eu fico calado às vezes, não estou pensando em nada! É justo nessas horas que penso nos parentes que vieram antes de mim, ou nas árvores velhas que não consegui proteger das doenças! Se você não entender isso, não posso deixar nenhum jardim nas suas mãos, hein.'

"S., você é escritor, não é? Uma vez eu li um negócio numa revista. Era tipo um ensaio, dizia que os animais selvagens estavam aparecendo com mais frequência nas vilas, e no fim falava que vai ver eles estavam começando a se adaptar a esse ambiente e queriam tomar esses lugares onde os homens viviam.

"Eu acho que os escritores, quer dizer, não entendo bem disso, mas fico pensando se não são vozes que eles escutam dentro da cabeça que vão vazando em forma de texto. Não saem assim na hora que nem pros médiuns, mas depois, por escrito. S. está se esforçando pra ouvir as palavras que fariam as pessoas vivas falarem 'realmente, é isso que os mortos mais querem dizer!'. Só que não está conseguindo.

"E não dá pra proibir esse esforço de escutar, Nao."

Kimura terminou de falar e houve um momento de silêncio. Até eu, com meus ouvidos ruins, escutei Nao inspirar bem fundo.

"Eu não proibi ninguém", disparou ele, e seguiu pronunciando as palavras com ênfase. "Todos podem tentar ouvir à vontade, mas nós que estamos vivos nunca, nunca vamos conseguir compreender a dor de quem foi levado pela água e se afogou, de quem se debateu desesperadamente e engoliu água salgada até morrer. Achar que dá pra ouvir algo é de uma presunção absurda, e mesmo se a gente ouvisse, jamais compreenderíamos o verdadeiro terror e a tristeza do instante em que alguém perde a esperança de sobreviver."

O ruído constante e baixo do motor preencheu o interior do carro. Havia surgido outro veículo atrás de nós em algum momento, um caminhão de construtora que devia estar voltando para a metrópole abarrotado. A luz branca e difusa dos seus faróis envolveu nossa van.

Pude ver que Gamu continuava de olhos fechados. Chuya Kimura, ao meu lado, estava de cabeça baixa, olhando para o chão. Nao, sentado no banco do passageiro, fitava intensamente a estrada à sua frente, como se a conversa recente estivesse sendo reproduzida em uma tela diante do carro. Meu ouvido esquerdo só captava o barulho dos pneus agarrando o asfalto.

Depois de uma pausa bastante longa, percebi que Kô, o motorista, estava falando, numa voz que quase não se distinguia do silêncio. Será que ele tinha começado antes e eu não tinha escutado?

"Tem uma coisa que eu queria falar, já faz tempo." Kô tinha o cabelo raspado nas têmporas e atrás da cabeça, e o restante ondulado por um permanente leve. Enquanto falava, ele olhava para mim e para Gamu pelo retrovisor, por trás dos óculos pretos que usava só como acessório. Apesar de ele ainda não ter trinta anos e passar a impressão de ser um menino ingênuo, eu ouvira falar que, em 1995, com doze ou treze anos, ele viveu o grande terremoto de Kobe e que depois disso passara alguns anos sem conseguir falar.

"Já faz um tempo que estou escutando uma música, no fundo do ouvido. No começo achei que o rádio estava ligado, mas não, está desligado desde aquela hora em que o Nao comentou que só tinha programa de baixaria. Só que eu definitivamente estou ouvindo um som vindo dele. Meio entrecortado, com uns chiados.

"Acreditem em mim. Está tocando aquele clássico da bossa nova, de Antônio Carlos Jobim, 'Águas de março'. O título original é assim, 'águas'. Costumam traduzir para o japonês como 'chuvas de março', mas às vezes algum fã de bossa faz questão de dizer 'águas'. É aquela versão mais conhecida, um dueto do próprio Tom Jobim com outra cantora muito famosa, Elis Regina.

"Pensando bem, chega a ser ironia demais ouvir uma música com esse título no caminho de volta da região destruída pelo tsunami. Mas já tocou várias vezes. Fica repetindo.

"E acho que escutei, bem baixinho, quando apresentaram essa música, faz tempo, no começo da conversa entre o Nao e o Chuya. Foi uma pessoa só, um homem, como o Gamu disse. Ah, olha lá. Começou de novo."

Eu, porém, não ouvia nada. Tudo o que pude fazer foi murmurar:

"Rádio?"

3.

Bom dia.
Boa tarde.
Ou, então, boa noite.
Bem-vindos de volta à sua Rádio Imaginação! Agora são precisamente duas e quarenta e seis da madrugada, e este que vos fala é o mestre das metáforas, o tagarela DJ Ark.
Bem, quer dizer, a verdade é que eu mal comecei e já não tenho uma noção clara de qual é o dia em que estamos. Não consigo lembrar até quando continuei ontem, não tenho nenhum registro de ter chegado ao amanhecer e encerrado o programa num clima bom. Depois de deixar a mesma bossa nova tocando mil vezes, que nem um bêbado resmungando sozinho, será que voltei a transmitir e chamei surtado a minha esposa, querendo explicar pra ela minha situação, que estou começando a

compreender? Será que gritei o nome do meu filho sem parar, e chorei, chorei, chorei, até dormir de exaustão? Terminei que nem naquela música do Eigo Kawashima, "Bebida e lágrimas, homens e mulheres"? Não sei, não consigo distinguir o que foi sonho e o que foi real. E no sonho, aliás, eu dormi como um bebê.

Porém, meus caros ouvintes, enquanto a música tocava, eu sei que chegaram muitas correspondências, não pensem que o DJ Ark se esqueceu. Isso eu sei que foi real, lembro direitinho, e também lembro que quando voltei a falar — não sei como isso pode ter alcançado meus ouvidos, mas —, escutei um clamor que fez o chão vibrar. Eu nem divulguei o meu e-mail, mas está chegando uma avalanche de mensagens, e o celular preso na minha mão direita, cuja tela não vejo, não para de tocar. Gostaria de agradecer a todos, amigos e ouvintes desconhecidos, pelas broncas e pelo encorajamento.

Bem, agora novamente o céu está coberto por uma escuridão acinzentada e a neve branca começou a cair de repente diante dos meus olhos. Continuo gelado, de barriga pra cima no topo desse cedro, mas sem acreditar de verdade no que aconteceu comigo e pensando que, afinal, não é o tipo de coisa que se deve aceitar assim facilmente — quer dizer, sei que se eu disser isso vou receber tantas broncas que essa árvore vai até envergar com o choque das mensagens —, mas ainda assim pretendo continuar dando o meu melhor e seguir falando minhas bobagens daqui de cima, junto com essa pequena lavadeira, pra todos os ouvintes que me acompanham, inclusive os que ficarem bravos. Mas, gente, esse passarinho não se mexe nunca. Será que é empalhado?

RÁÁÁÁDIO IMAAAAGINAÇÃO!

Bem, recebemos agora uma ligação ao vivo de um ouvinte. Quem está na linha é o sr. Takeo Kimizuka, um executivo de cinquenta e três anos, ligando pra gente de um hotel à beira-mar chamado Togaen, que fica bem mais ao norte, em uma pequena península famosa pelos bosques de pinheiros.

Então, vamos conversar com ele! Sr. Kimizuka, está por aí?

"Sim, aqui quem fala é Kimizuka. Como você disse, DJ Ark, estou ligando para reportar ao vivo de um hotel cercado por bosques de pinheiros numa península, num trecho em que a costa é toda recortada por rias. Mas eu não sou desta área. Vim de Tóquio anteontem, junto com um funcionário meu. Nós viemos avaliar alguns terrenos aqui da região, selecionar um local para uma nova loja de conveniências. Ontem, depois do almoço, eu tinha voltado para o meu quarto, que é no quarto andar, o mais alto do hotel, e estava enviando as fotos da minha câmera digital para a matriz.

"E, até agora, não tive mais notícias desse meu funcionário, o Sakuragi. Ele não estava conseguindo sinal no celular pessoal dele e tinha descido para tentar no lobby, quando aconteceu aquele tremor enorme. Desde que voltei a mim, várias horas depois, já fui várias vezes até onde é possível, mas tem andares aqui no hotel em que a água ainda não baixou, então sempre acabo tendo que desistir da minha busca.

"Mas então me ocorreu que, se eu fizesse uma reportagem ao vivo pela Rádio Imaginação, quem sabe poderia conseguir alguma informação útil. Acabo de sair do meu quarto, agora mesmo. O corredor é coberto por um carpete vermelho-escuro e não tem nenhuma luz acesa. Já não era muito bem iluminado antes, mas agora que caiu a energia está um breu completo. Estou iluminando meu caminho com a lanterna que encontrei no quarto. Nas paredes tem alguns quadros a óleo com paisagens da costa próxima daqui. Nelas, o mar está tranquilo.

"A certa altura, o corredor começa a inclinar para baixo, é estranho, e um pouco adiante tem um elevador pequeno do lado esquerdo, mas claro que ele está parado, então vou descer a escada que fica logo antes. Vocês estão escutando o barulho dos meus chinelos grudando no chão? É que o piso ainda está molhado.

"Descendo um andar, cheguei a um patamar com uma porta de metal que não está trancada, então vou abrir. Ela dá para um corredor comprido, em linha reta, não sei para qual parte do prédio vai. Iluminando adiante, parece que mais à frente o piso também inclina de repente, só que aqui ele sobe. Mas o teto continua na mesma altura, então o corredor vai ficando cada vez mais apertado, e quando ele termina, lá longe, parece um pontinho, não uma parede. Será que foi por aqui que o Sakuragi fugiu? Não tem nenhuma porta nas laterais.

"Vou descer mais um andar, pela escada de concreto com o carpete cor de vinho.

"Cheguei ao primeiro andar. Normalmente, a escada continuaria descendo até o térreo, não é mesmo? Mas, DJ Ark, aqui no hotel Togaen, para ir ao térreo, é preciso atravessar o corredor de quartos e descer uma escada do lado oposto do edifício. Eu achei essa disposição meio estranha quando cheguei aqui e me apresentaram o hotel. Mas, de qualquer maneira, havia um caminho para cima e para baixo, bastava atravessar o corredor.

"Agora estou caminhando pelo corredor do primeiro andar. Tem alguns recessos na parede que até ontem estavam decorados cada um com uma boneca japonesa. Agora não tem mais nada. Nem as bonecas, nem a escada para o térreo. Estavam aqui, e agora não estão mais. Não se vê nem vestígio de que um dia sequer existiram. Eu consigo descer do terceiro andar até o primeiro, mas como o elevador também não está funcionando, não há maneira de descer até o térreo. Também não dá para entrar em nenhum quarto deste andar, estão todos trancados. Vou batendo em todas as portas, vocês ouvem? Mas ninguém responde. Estou começando a achar que sou a única pessoa no hotel.

"Reparando bem, o piso aqui não é de carpete vermelho, mas de linóleo cinza, e tem linhas coloridas que se estendem até onde a vista alcança. Como um corredor de hospital."

Sr. Kimizuka, está me ouvindo?
"Sim, estou ouvindo."
Consegui visualizar bem a situação muito peculiar em que o senhor se encontra. Agradeço muito ao senhor por manter a calma e reportar os fatos de maneira tão precisa e objetiva.
Veja bem, sr. Kimizuka, acaba de aparecer aqui mais uma reportagem ao vivo. Posso pedir para o senhor continuar onde está, buscando uma maneira de descer para o térreo? Se houver qualquer novidade eu te conecto de novo num instante, está bem?
"Positivo, DJ Ark. Farei o meu melhor."
Conto com você. Bem, a outra pessoa que vai entrar ao vivo pediu para permanecer anônima, parece ser uma mulher. Creio que ela já está na linha.
Boa noite.
"Boa noite. Quer dizer, desculpe, não sei se está de noite ou não. Aqui está totalmente escuro. Creio que eu esteja caindo, devagar, pela água gelada. Tudo ao redor é uma imensidão de nanquim. Na verdade, meus olhos não enxergam nem um centímetro adiante, então é possível que a escuridão esteja grudada no meu rosto. Mas dá para perceber que, para além dessa escuridão mais próxima, tem outra escuridão infinita.
"Hã... Tudo bem fazer uma reportagem assim?"
Sra. anônima.
"Sim?"
Tudo o que posso dizer é que ouço sua voz perfeitamente. Se isso bastar, peço que continue a falar mais um pouco.

"Obrigada, DJ Ark. Vou continuar com a cobertura, então.

"Agora que me roubaram até o último grão de luz, não consigo enxergar meus braços e pernas, nem meu cabelo longo que se agita, nem a roupa rasgada que envolve meu corpo. Não há nenhuma maneira de confirmar que eu existo, exceto, precisamente, a imaginação. Na realidade, a pressão da água não me deixa abrir a boca, e estou tão fraca que não consigo produzir nem um gemido. DJ Ark, você pode transmitir minha voz para muitas pessoas. Falar com você é a única maneira que tenho de confirmar que existo.

"No começo, não estava esse breu completo. Até antes de eu perder a consciência havia uma camada enorme e espumante de claridade branca, e toda essa luz contida na espuma me envolveu, me revirou, enquanto eu esticava as mãos desesperada em direção ao lado mais claro.

"Mas eu quase desmaiei várias vezes e fui sendo carregada, até que comecei a afundar sem parar, me afastando da luz, entregue à escuridão. Quando passei a só sentir, vez ou outra, o baque grave do som de alguma colisão distante para além da parede espessa de silêncio que cobria meus ouvidos, por um instante achei que todas as células do meu corpo iam arrebentar e se dissolver pelo mundo. Pensando agora, acho que naquele momento eu já devia estar imersa no mundo da imaginação.

"Estou num mundo onde não há som algum, exceto a sua voz. Vi algumas vezes na televisão que as baleias se comunicam cantando, será que não está na época? Não ouço canto nenhum. Será que estou de olhos abertos? Ou fechados? Em todo caso, é uma escuridão muda. Não enxergo nada. O mar que não vejo se estende e se conecta em todas as direções, infinito, e se penso no tamanho desse volume de água escura sou atravessada por um terror que quase me enlouquece. Estou ali sozinha, só eu.

"Fui caindo por esse universo obscuro, a certa altura parei ereta, oscilando, mas segui focada em ouvir sua rádio, que agora já é um som muito tênue, como dedos arranhando um papel.

"De minha parte, isso é tudo."

Obrigado. Muito obrigado, sra. Anônima. Eu gostaria de poder expressar a você como me sinto neste momento.

Por isso vou colocar uma canção dedicada a você. De Michael Franks, "Abandoned Garden", jardim abandonado.

Puxa vida, esse vocal e esse arranjo acústico mexem com a gente. Sabe aquele Antônio Carlos Jobim, do Brasil, que deixei no *repeat* no programa de ontem — digo, do dia que considero que foi ontem? O americano Michael Franks era um grande admirador dele, e, logo depois da sua morte, em 1995, compôs um álbum em sua homenagem. Essa é a canção-título.

Bom, pessoal, vou aproveitar que ouvimos uma música para mudar um pouco de assunto. Logo antes de entrar no ar, eu estava pensando, aqui nesse cedro que já deve estar todo branco por causa da neve: esse programa está recebendo tantas mensagens e ligações, podemos dizer que é um sucesso de público, mas mesmo assim deve ter muita gente que não consegue escutar a transmissão.

Por isso eu queria inaugurar agora um novo quadro do programa, assim de surpresa mesmo: "Quem é que não consegue ouvir a Rádio Imaginação?".

O que pensei foi o seguinte: se alguém não escuta absolutamente nada desta transmissão, deve ser do tipo que só consegue pensar nos fenômenos já conhecidos, um cabeça-dura! Ou, então, alguém que sofreu um choque tão grande que expulsou toda a imaginação da mente.

Mas por que estou falando essas coisas pra vocês, caros ouvintes de imaginação riquíssima, que ouvem perfeitamente a minha voz? É porque pensei que, se a gente tentasse, conseguiria imaginar até mesmo esse pessoal turrão. Juntando o locutor da Rádio Imaginação e seus fiéis ouvintes, não há limites para a imaginação.

Nós devemos, todo o tempo, nos dirigir às pessoas que não conseguem escutar a transmissão. De forma que nossas vozes possam começar a alcançar os ouvidos delas a qualquer momento. Talvez seja melhor dizer que devemos estar sempre criando oportunidades para que eles consigam nos ouvir. Bom, logo se vê que, na verdade, eu estou é de olho em estratégias pra aumentar a audiência do programa, devagar e sempre, HAHAHA!

Então imagino um perfil de personagem e tento escrever um continho na minha cabeça, como o seguinte, por exemplo. Vou narrando do jeito que eu lembro, tá? Na imaginação de vocês, joguem um eco bem dramático na minha voz, por favor:

"O amigo do meu marido me falou sobre isso várias vezes, ao telefone. Já fazia anos que eu me encontrava com ele, escondida. Quando a gente não podia se ver, conversávamos rápido por telefone. Sempre apagando o histórico do celular depois.

"Desde então, comecei a ter sempre o mesmo sonho. Tem um homem deitado de barriga para cima, no alto de uma árvore, e uma névoa branca pairando ao redor. Eu sou um pássaro preto e branco, pousado ao lado desse homem imóvel. Só que eu-pássaro não consigo ouvir a voz dele. Ouço o som das ondas ao longe..."

Ah, que vergonha! Um arremedo de conto de pseudoescritor... É bem constrangedor pra mim, mas, enfim, a ideia é ir criando, desse jeito, as histórias das pessoas que não conseguem ouvir a rádio. Bem, isso foi o que eu inventei, aqui na árvore. É aquela coisa, né, num texto sempre aparece a cara de quem escreve, HAHAHA. E pra você que está aí pensando: "Ah, mas, DJ Ark, eu sei o tipo de pessoa que com certeza *consegue* ouvir a rádio", pode ser, também! Quero ouvir todas as opiniões de vocês, moçada.

Vamos lá, quero ver todo mundo mandando mensagem para este novo quadro do programa! Também podem continuar essa história que eu imaginei, fiquem à vontade. Se quiserem, podemos até fazer, sei lá, um revezamento, cada pessoa escreve uma cena. E as participações não precisam ser todas assim em forma de texto, não! Quem preferir pode dar sua opinião em uma frase só, sem problemas. Vou anunciar mais uma vez, hein? Eu grito, e de novo vocês mandam ver no eco dentro da cabeça de vocês. Vamos lá!

Este foi o quadro "Quem é que não consegue ouvir a Rádio Imaginação?".

RÁÁÁÁDIO IMAAAAGINAÇÃO!

Bom, brinquei agora com um estilo bem rádio AM, mas, pensando bem, será que a Rádio Imaginação é AM ou FM?

Se for FM, acho que preciso falar uns negócios mais cabeça e pronunciar o inglês direitinho, e, se for AM, bom, aí pra ser sincero acho que eu devia passar a bola pra alguém bem mais jovem. Alguma celebridade, cantor, sei lá. Qualquer um que não seja um ilustre desconhecido como eu.

Este DJ Ark frequentou muitas rádios, AM ou FM, para promover lançamentos de bandas. Tenho saudades de visitar as estações! Porque eu sou do tempo em que esse era o único jeito de fazer as músicas chegarem até o público-alvo. Hoje em dia se lança cada música na internet direto com um vídeo. Mas, por outro lado, estamos no vale dessa crise em que as pessoas querem tudo de graça, e o povo da música vai avançando pelo leito de um rio quase seco, tropeçando nos pedregulhos.

AM é abreviação de "amplitude modulation". FM é de "frequency modulation". Ou seja, a diferença está na forma de modulação das ondas de sinal enviadas. Pensando assim, acho que essa transmissão deve ser "imagination modulation". Se eu fosse esperto, chamava de IM e patenteava, HAHAHA.

Enfim, fiz aqui o primeiro quadro de rádio IM do mundo, "Quem é que não consegue ouvir a Rádio Imaginação?", mas agora preciso fazer uma confissão, porque se eu não for sincero vou me sentir mal, como se estivesse enganando os ouvintes. A verdade é que, no fim das contas, ao fazer esse quadro estou só pensando na minha esposa. Foi mal, galera!

Hã... Olha, a partir de agora vou falar sobre umas coisas bem pessoais, então quem não estiver interessado pode escolher umas músicas de que gosta, e cada um fica ouvindo as suas. Enquanto isso, eu falo o que estou querendo falar, e, quando terminar, toco o jingle do programa pra avisar. Aí todos os ouvintes se juntam de novo. Pode ser? Então, valendo!

Bom, pro pessoal que escolheu continuar me ouvindo tagarelar: sei que estou me repetindo, mas acontece que ela não falou comigo até agora. Com tanta gente assim ouvindo o programa, por que só a minha mulher não participa? Ela também não ligou nenhuma vez. Mesmo que ela tenha perdido o celular, aqui pela Rádio Imaginação ela conseguiria falar sem problemas, né?

Ela não é uma pessoa sem imaginação. Pelo contrário, é do tipo bem imaginativo. É estranho que não esteja escutando. Quando era nova ela fazia sonoplastia pra teatro, sabe? Logo no começo da faculdade, entrou pro clube de teatro e de cara já percebeu que o esquema dela era ficar na técnica, nos bastidores. Sei que sou parcial pra falar isso, mas ela tem um rosto bem desenhado, então os veteranos ficavam insistindo para ela atuar, mas aquilo entrava por um ouvido e saía pelo outro. Porque ela, quando enfia uma coisa na cabeça, não arreda mais o pé.

E aí ela foi aprendendo tudo sobre sonoplastia na prática, observando o trabalho dos outros. Uma vez, quando a gente estava namorando, ela me pediu para ajudar numa peça. Eu vi como era todo o processo e, nossa, não tem serviço mais ingrato. Primeiro você tem que seguir as rubricas da peça e reunir tudo o que o diretor imaginou: trilhas grandiosas, canções suaves, o som de disparo duma arma enorme que mal existe no Japão, o zumbido de um exame de abelhas, ou uns negócios abstratos tipo "barulho de ataque". Tinha vezes, se o escritor demorava demais pra escrever a peça, que entregavam o texto e queriam que ela arranjasse o material em uma hora, mesmo que fosse provisório.

Quando os ensaios já estavam mais avançados, colocavam uma mesa de som simples na sala de ensaio e ela tinha que acompanhar os atores e ficar apertando os botões pra fazer cada som, anotando na sua cópia da peça as correções do diretor — "não é bem esse barulho", "o timing tá meio ruim" e tal. Quem compõe as músicas e leva os créditos no programa da peça se dá bem — eles tocam as coisas na sala de ensaio e todo mundo elogia, "pô, ficou da hora". Mas é muito raro alguém dizer algo assim pro sonoplasta. No máximo falam "isso, tá ok".

Depois, na hora de apresentar a peça, ela ficava numa salinha no fundo do teatro, lá no alto, junto com quem faz a iluminação, acompanhando o texto da peça todo rabiscado com mil anotações, à luz de uma lampadinha pendurada que nem as daqueles peixes abissais, apertando os botões na hora certa de cada efeito, ajustando o volume com uns negócios chamados *faders*. Imagina? A paciência que precisa pra passar cada uma das apresentações enfiada lá dentro, virando as páginas do texto, sem atrasar nem um segundo?

E, pra completar, quem tá nessa função não pode errar de jeito nenhum. Claro, né. Se, na hora em que um personagem enfia uma faca no outro, soar uma trombeta de vendedor de *nattô*, fica complicado, HAHAHA. Acabou a peça, não tem mais salvação.

Num show de música as coisas não são tão tensas assim. O baixista pode errar a ordem da música e entrar no refrão, o tecladista pode esquecer de mudar o tom de um *sample*, mas, desde que não parem de tocar, sempre dá pra disfarçar. Só que, no teatro, erros do pessoal da técnica são fatais. Ela vivia dizendo: se um ator errar uma fala, as pessoas acham engraçadinho, mas, se a gente errar, perde o emprego. Ela é foda, moçada, a minha esposa...

E quando iam fazer turnê no interior? Com uma produção comercial ainda vai, mas pra peças pequenas é cruel. Mesmo nas casas de show que nem essas pra onde eu costumava levar as bandas, nas cidades pequenas o equipamento de som é terrível. Tinha uns lugares onde você nem ouvia o som do baixo, se fizessem o show sem baixista dava na mesma. E no teatro é pior ainda.

Segundo a minha esposa, às vezes só tinha umas caixas de som tipo as do aparelho de rádio da sala de visitas dum figurão local. Modo de dizer, né, claro que não eram mesmo da sala de ninguém, mas, assim, era nesse nível. Só que o diretor tem uma ideia formada de como tem que ser o negócio, e já viu as apresentações em Tóquio, com um equipamento decente. Então, nos ensaios, exige muito da sonoplastia: "Hum, aqui o som tá meio baixo... Pode mandar ver no *fader* nessa hora, tudo bem se ficar meio distorcido", ou "isso tinha mais impacto, sabe? Não dá pra aumentar o grave?". Enfim, pedem umas coisas que não dá pra fazer com o aparelho de som da sala de visitas.

E os sonoplastas aguentam tudo até o limite, sem protestar. Ficam lá no computador mexendo na forma das ondas sonoras até conseguirem o melhor resultado possível. São esse tipo de pessoa. As equipes de shows de música também têm esse orgulho de técnico, mas eu acho que, no quesito paciência, os do teatro ganham de longe. Tiro o chapéu pros caras. Bom, e às vezes acho que são meio malucos, HAHAHA. Ah, além disso, são todos bons de copo! Ou é impressão minha? HAHAHA.

Bem, acabei me estendendo um pouco, mas o ponto é que a Misato, minha esposa, trabalhou por muito tempo nesse mundo e era bem reconhecida pelos colegas. É uma mulher capaz de ler cada linha da peça, de usar a imaginação para escolher os sons mais adequados, ajustar cada um deles e tocar tudo num timing ainda mais preciso do que o diretor conseguiria pensar. Se bem que aí, quando ela engravidou, eu convenci ela a largar o trabalho, né. O pessoal do mundo do teatro brigou muito comigo nessa época, vários diretores... Mas, enfim, digo tudo isso pra provar que a imaginação dela é muito abundante.

Pra ser bem sincero, estou me lixando pra esse programa, HAHAHA. Eu só quero que a Misato fale comigo. Se ela falar, jogo tudo isso aqui pro alto e converso só com ela. Quero perguntar onde ela está, se não está machucada, onde a gente vai se encontrar, quero dizer o quanto preciso dela, perguntar se ela não quer chamar nosso filho de volta pra gente viver os três juntos, um monte de coisa. E também listar todos os apelidos que usei pra ela até hoje e organizar, de quais ela gosta e não gosta, e depois pedir pra ela fazer o mesmo comigo, pra eu poder dizer que gosto de todos.

Sim, é isso aí, pessoal. Sou meloso mesmo. Isso aqui virou o festival de falar bem da Misato. A rádio é minha, faço o que quiser. Que se dane se eu perder metade dos ouvintes. Sério, nem ligo.

Mas, olha, eu também tenho meus podres. Não estou querendo fingir que sou um marido exemplar pra aumentar minha popularidade. Eu fazia umas coisas tipo falar que queria produzir uma banda com vocal feminino, conhecer uma menina no bar depois de um show e arranjar lugar pra ela num dos nossos grupos, convencer o Takase da agência que aquilo ia vender que nem água pra arrancar uma graninha dele, aí dizer pra menina que ela tinha que fazer um mochilão pra conhecer a música sul-asiática, e ir viajar pro exterior só nós dois, falando que a gente ia gravar um disco com as músicas que ela fizesse em cada lugar ou qualquer coisa assim. Basicamente, tirar vantagem de meninas fãs de rock sem noção de nada. Quer dizer, hoje em dia eu penso que elas também deviam estar meio que se aproveitando da situação, mas o fato é que teve uma época em que repeti esse mesmo esquema mil vezes, feito um idiota.

    Nessa época, minha esposa quase desistiu de mim. Na verdade, a Misato começou a voltar pro mundo da sonoplastia de teatro. Quem se deu pior nessa história foi meu filho Sosuke. Ele ainda era pequeno, o pai não parava em casa, a mãe deixava ele com os avós pra ir trabalhar... Sei lá, nesse pedaço do meu passado parece que eu estava sonhando, minhas lembranças desses anos são muito embaçadas. Deve ser um mecanismo de escape, né, HAHAHA. Pensando bem, isso de largar tudo e ficar curtindo a boêmia parece coisa do meu avô. Que horror.

    Pra piorar, não posso dizer que depois disso eu tenha baixado a bola. Continuei tendo minhas aventuras no mundo da música. Inclusive, me separei de uma dessas pessoas agora ao mudar de volta aqui pra esta cidade. Ih, e se a Misato estiver ouvindo isso?! Por que é que estou falando essas coisas se quero que ela ouça a rádio? Bom, seja como for, talvez eu esteja sendo egoísta, mas eu tinha decidido começar uma vida nova. Por que não mudar de vida, nessa idade? Sonhar grande assim é bem do meu estilo, não é? Mas eu também estava sendo meio folgado, porque sabia que pra isso precisaria contar cento e vinte por cento com as forças da minha esposa.

Por isso, não posso acreditar que agora talvez reste apenas a fundação do prédio onde alugamos nosso novo apartamento. É absurdo que a cidade onde eu pretendia passar a segunda metade da minha vida esteja completamente destruída, marinando na água salgada, e não quero aceitar que a destruição tenha sido tão vasta, lançando tantos ouvintes ao desespero.

Foi maldição de alguém, isso aqui? Se for, eu quero amaldiçoar de volta o desgraçado. Foi Deus, por acaso? Mesmo que tenha sido, quero esganar esse idiota, perguntar que merda ele acha que está fazendo, sacudir Deus até ele se babar todo, o nariz escorrendo ranho, e depois vou erguer o imbecil no ar até ele se debater e soluçar feito um bebê, socorro, alguém me ajuda!, esperneando de um jeito que faria qualquer um perder o respeito, e aí levo ele pro alto de uma montanha e continuo esganando, deixando ele respirar só um pouco, meto uma joelhada na barriga, e enquanto ele se debate, eu mostro a cidade lá do alto e digo, quem te deu o direito de fazer uma porra dessas?, e aí pego um pedaço de trilho retorcido que esteja caído por ali e enfio nas tripas dele, e quando ele se dobrar de dor, dou uma cabeçada na boca dele, o sangue vai jorrar, ele vai cuspir um punhado de dentes, e eu torcendo o trilho: responde, quem foi que te deu o direito?, e aí amarro ele com arame numa árvore, já quebro os dois tornozelos com pedras pra ele não poder fugir, arranco suas pálpebras e jogo pros passarinhos comerem, que é pra ele assistir pra sempre a merda que fez, e eu vou ficar encarando os globos oculares dele, expostos, ressecados, refletindo tudo aquilo que ele causou. Assim, isso caso as coisas que os ouvintes estão relatando realmente tenham acontecido. E caso eu consiga descer aqui dessa árvore.

Putz... Será que minha esposa sentiu um ódio assim de mim? Enquanto eu estava aqui comprando briga com Deus, comecei a pensar nisso. E se ela tiver saído naquela hora batendo a porta porque se encheu de aturar meus caprichos, não aguentava mais, e agora não tem mais nenhuma intenção de falar comigo?

Digo, será que ela não tinha vontade de me esganar, de perguntar que merda você acha que tá fazendo, Fuyusuke?, de me sacudir até eu me babar todo, o nariz escorrendo ranho, e depois me erguer no ar até eu me debater e soluçar que nem um bebê, socorro, alguém me ajuda? Se disserem que sou eu quem merece isso, vou ter que concordar.

"Fuyusuke."

Hã?

"Ei, Fuyu!"

Pois não?

"Sou eu, criatura, teu pai."

Ah.

"E o Kyoichi, aquele do nome de batismo esquisito."

Você também, mano?

"O pai está ficando vexado, com você falando as coisas da família desse jeito."

Ah, desculpa. Vocês vieram de novo me visitar, é? Então, é que pelo jeito parece que isso de não ter filtro é o segredo do sucesso deste programa. Aí acabo soltando a língua. HAHAHA.

"Deixa de troça, Fuyu. Teu irmão já falou, larga logo dessa história de rádio. E desce de uma vez daí! O que é que você está fazendo de pança pro ar, empoleirado numa árvore? Daqui do chão a gente não consegue nem ver a tua cara como é que está. Vamos embora pra casa, comigo e com o Kyoichi."

Olha, eu queria muito fazer isso, muito mesmo. Também queria poder ver vocês dois. Isso de só ouvir as vozes vindo aí de baixo dá uma aflição, uma solidão. Parece que não é verdade e estou só imaginando.

"Ô Fuyu, olhando assim pro céu você não deve saber, mas tem uma cobra toda enroscada aqui no pé dessa árvore, viu. Foi teu irmão quem reparou nela. Da outra vez a gente achou que era só o tronco que estava enlameado. Não posso nem chegar perto, dá agonia. Ela se embolou bem no tronco, umas duas ou três vezes, e morreu."

"Fuyusuke, isso é mau agouro. A árvore com uma cobra morta pegada no tronco, você pendurado aí feito um saco. Mais esse passarinho te encarando. E, numa situação dessas, você me vem com esse troço de rádio? De DJ?"

Mas, mano, eu ainda não achei a Misato. Agora mesmo eu estava pedindo pra ela falar comigo. Você e o pai não devem saber, mas o tanto de ouvinte que esse programa tem não é brincadeira. Já deve estar nas dezenas de milhares. Pelo menos foi o que eu soube pelas mensagens, e o número deve aumentar a cada segundo. Disseram que essa transmissão é um espaço único que conecta muitas pessoas. Então tenho minhas responsabilidades, entende? E, acima de tudo, esse é o melhor recurso que tenho para falar com a Misato.

"Pode ser, Fuyusuke, mas não dá pra eu e o pai ficarmos vindo até aqui toda hora. Não seja abusado."

Kyoichi, acho que vocês não perceberam, mas toda essa conversa está sendo transmitida, viu?

"Quê?"

Toda essa conversa, você, o pai e eu. Tá tocando na Rádio Imaginação, pra todo mundo ouvir.

"Você é besta, Fuyusuke? Desliga esse negócio!"

Tarde demais. Agora deu pra ver que a gente está batendo boca, se eu desligar assim de repente o clima fica pior ainda. O melhor é vocês desistirem e me deixarem aqui só mais um pouco. Os misteriosos caminhos do destino transformaram Fuyusuke Akutagawa no DJ Ark, que está fazendo uma transmissão histórica.

"Que mané DJ Ark, Fuyu, toma tento e obedece o teu pai!"

Ô pai, não sou criança. Isso lá é jeito de falar com um homem-feito, de trinta e oito anos?

"Por isso mesmo é que o pai está dizendo pra você largar desse troço de DJ Ark!"

"Chega. Depois eu volto."

"Nesse mato não tem nem caminho pra andar, mas o pai disse que a gente não podia largar você e fez questão de vir, puxando a perna ruim dele. Não esquece, hein, Fuyusuke. Na próxima, você deixa de asneira e arria daí."

Tá bom. Pai, mano, muito obrigado por virem até aqui.

Ah! Não tem jeito de você tirar essa cobra da árvore, não, Kyoichi?

"Não seja sonso."

RÁÁÁÁDIO IMAAAAGINAÇÃO!

Bom, agora o jingle tocou, chegou a hora de todos os ouvintes se juntarem mais uma vez.

E aí, pessoal que ficou ouvindo música, conseguiram fazer uma seleção bem bacana?

Por outro lado, quem ficou pra dar uma espiada na minha vida pessoal acho que se divertiu vendo eu me atrapalhar todo com uns visitantes inesperados. Se alguém do outro grupo estiver pensando "pô, então queria ter ouvido", é só usar a imaginação e voltar até onde a gente se separou.

Bem, agora vamos dar uma olhada na última carta que recebi. Será que posso chamar de carta? É melhor falar que é uma mensagem? Enfim, é que as letras aparecem, trêmulas, por cima da escuridão branca pra onde estou olhando, e ao mesmo tempo escuto a voz de quem escreveu. Eu leio com a minha voz, acompanhando a voz de outra pessoa. É isso que estou chamando de e-mail ou de carta.

Então, amigos da Rádio Imaginação, acompanhem agora a carta da ouvinte mais idosa que já nos escreveu, a sra. Miyo Oba, de oitenta e dois anos. Leio com o maior respeito:

"Caro DJ Ark,

"Estamos ouvindo o seu programa várias vezes, uma depois da outra. Eu já tenho muita idade e minha saúde já estava frágil, meu esposo e eu vivíamos praticamente presos à cama. Mas agora estou com o braço direito quebrado, enquanto meu esposo perdeu todas as forças e está sendo maltratado pelo frio inclemente. Ambos muito enfraquecidos, tudo o que podemos fazer é nos recostar em um canto do quarto, quase deitados, ouvir o seu programa e tentar nos consolar com o fato de que não somos os únicos enfrentando dificuldades."

É uma honra. Não mereço palavras tão gentis, minha senhora.

"Com o braço assim, não consigo escrever uma carta. Tenho um celular porque meu filho e minha nora me deram, mas está sempre sem bateria, e, de qualquer maneira, nunca mandei mensagens por ele, só recebo. Então eu rezo para que minhas palavras cheguem até você. E sinto que o texto que escrevo na minha mente o está alcançando. Estou abraçada ao meu esposo, que disse sentir o mesmo. Sou muito grata por isso.

"Na verdade, há algo que meu esposo gostaria de lhe dizer, que vem repetindo sem cessar, então vou passar para ele, mas peço que nos desculpe, pois sei que a voz dele está muito fraca."

"Aqui quem fala é… Kiichi Oba."

Aqui é o DJ Ark. Por favor, escreva sem pressa, sr. Kiichi.

"'Minh'alma se quedou neste mundo'… essa frase fica indo e vindo na minha mente. Essas palavras que costumam aparecer em peças de teatro kabuki do tipo que… a senhora sua esposa deve apreciar. A alma tem algum remorso e… não consegue partir para o lado de lá. DJ Ark, é essa a situação em que todos nós estamos. Você também. Pessoas de todo o país que se viram nessa situação ontem, ou quem sabe hoje, estão ouvindo a sua rádio."

…

"Nas peças, geralmente, quando dizem 'Minh'alma se quedou neste mundo', continuam com algo como 'pois há um rancor que preciso vingar', não é? É precisamente assim que eu me sinto. Depois que a terra tremeu com força, uma enorme onda negra… chegou até aqui, a muitos quilômetros da costa, uma distância inacreditável. A casa em que estou saiu rodando e rodando... eu nem sei onde viemos parar. Não consigo esquecer a imagem da mochila escolar vermelha que voou para fora da casa de um conhecido enquanto ela rodopiava como a minha. E onde foi que a água parou? Exatamente ao lado da estradinha... indo direto em direção às montanhas, tem um caminho... estreito e alto como uma pequena barragem, que sai da rodovia que acompanha a costa. É a antiga estrada."

Parou justo na estrada antiga?

"Sim. Dizem que... antes da guerra, era por essa estrada que carregavam os produtos marítimos ou a madeira colhida... nas florestas. Ela corta por dentro das montanhas. Eu sei bem dessas coisas porque... quando eu era jovem e vim da região de Kanto para cá trabalhar na roça herdada do meu tio, eu... pesquisei um pouco a história daqui. Só que no pós-guerra essa região se desenvolveu muito rápido. Essas estradinhas velhas, elas... são muito estreitas e cheias de curvas. Então desapropriaram uma faixa de... terra ao longo da costa e... construíram ali uma rodovia grande. A estrada antiga ficou abandonada. Isso trouxe muito mais fartura para as nossas vidas... Só que..."

Sim?

"Será que as pessoas de antigamente não sabiam que era possível as ondas chegarem até aqui? Eu tenho refletido muito sobre isso... Sabiam que se aplainassem os terrenos, deixassem tudo baixo e... fizessem uma estrada perto da costa com um monte de casas em volta... algum dia essas casas seriam levadas. Se não sabiam disso, então por que é que a onda... parou exatamente na estrada velha, uma elevaçãozinha de nada? E quando fizeram... a reforma agrária depois da guerra, muitos de nós da vila fomos levados mais para perto do mar, para antes da estrada antiga.

"A dona daquela mochila vermelha, Ark, e eu, que vim pra cá de outra terra, e minha mulher, que nasceu e cresceu aqui, todos nós estamos dizendo... minh'alma se quedou neste mundo. Eu, que já tenho idade, sei muito bem o quanto nós precisávamos da fartura, mas... Essas coisas aconteceram por todo o Japão. Por que é que só nós temos que pagar desta maneira? Sei que não adianta pensar, mas se... se a água parava lá, então por que é que...?"

Suas queixas estão sendo transmitidas de modo preciso, sr. Kiichi. E essa transmissão ficará gravada para sempre e poderá ser ouvida muitas e muitas vezes. Eu acho. Não, tenho certeza. Acredite nisso, sr. Kiichi, e fale tudo o que deseja.

"Ark, você também pode dizer que precisa vingar seus rancores. Não precisa ir para o outro mundo bem-comportado. Aliás, deve ser por isso que você está no alto de um cedro. Eu ouvi dizer que... desde os tempos remotos, a metade etérea da alma flutua como nuvem até o topo das árvores, enquanto a metade corpórea rasteja pela terra. Faz muito sentido que haja uma cobra enroscada... no pé da árvore. Pois não foram apenas os humanos que partiram deste mundo. E, na percepção dos japoneses, mesmo depois da chegada do budismo... as almas dos mortos nem sempre... iam para a distante Terra Pura. Às vezes, elas se uniam às árvores e pedras e acompanhavam... de perto, as pessoas vivas. Não há problema nisso. O outro mundo é logo ali. Porém, nesses casos, os mortos se tornam... divindades. Bem, então... você está quase reconhecendo isso, mas não por completo, e eu gostaria que você aceitasse que este programa intrépido, a Rádio Imaginação, é uma mídia que só aqueles que partiram deste mundo podem escutar, participar dela... e que você mesmo, o criador do programa, está na mesma situação. Você mesmo é uma alma... já metade no outro mundo."

É, nas muitas mensagens de consolo e de bronca que recebi, muitas pessoas me perguntaram se eu sei bem quais são as minhas circunstâncias. Só que tem uma parte teimosa de mim que quer resistir e dizer: se não estou mais neste mundo, como é que consigo conversar com vocês, se nesse caso eu não deveria poder falar nem ouvir nada? De fato, venho fazendo este programa, aos tropeços, tentando encobrir o que eu sei que deve ser a verdade. Quero dizer, vinha fazendo isso.

Suas palavras abriram meus olhos, sr. Kiichi. Ou, se estou morto, seria melhor dizer que elas fecharam os meus olhos? Enfim, o ponto é que compreendi de que lado estou. Estou do mesmo lado dos ouvintes e é por eles que faço a transmissão. Mesmo que não seja grande coisa. Ai, ai.

"No entanto, Ark, esse não é o principal motivo pelo qual... quis te escrever. O que eu queria dizer, o mais importante... é que você deveria se alegrar por não conseguir falar com a sua esposa."

Hã? Como assim?

"Ah..."

"Meu marido está muito cansado. Deixe-o dormir um pouco, por favor, DJ Ark."

Ah, está bem. Mas isso que ele falou agora...

"Vou escrever o resto por ele. Creio que todos já devem ter compreendido. A sua esposa não está do mesmo lado que nós. É por isso que vocês não conseguem se comunicar. Meu esposo e eu vínhamos comentando aqui no quarto que pelo menos este é um pequeno consolo, DJ Ark."

A minha esposa não está... do mesmo lado que nós? Então quer dizer...

RÁÁÁÁDIO IMAAAAGINAÇÃO!

Então ela está bem. A Misato está bem. Ah, que bom! Que bom, de verdade. Por isso que ela não consegue ouvir a Rádio Imaginação. Realmente, agora que vocês falaram, faz todo o sentido. É aquela coisa: não ter notícias é uma boa notícia. Onde será que ela está agora? Será que não se machucou? Só de saber que ela está bem sinto a alegria jorrar como uma fonte de água brotando no deserto.

Também preciso agradecer a todos vocês, meus queridos ouvintes, por me apoiarem e me escutarem, mesmo estando em uma situação tão difícil. Eu estava tentando disfarçar, apesar de no fundo já ter entendido que, diferente da Misato, não ficou tudo bem comigo. Vocês me contando tudo o que esqueci, tudo o que não vejo por estar olhando só para o céu, e eu aqui tagarelando e tratando essas histórias como se fossem algo separado de mim, um sonho. Não conseguia aceitar a realidade do que aconteceu comigo, com a minha cidade. Me perdoem.

O curioso é que agora, pelo contrário, estou me sentindo mais cheio de energia. Pois tenho a obrigação de me dedicar e fazer o melhor programa de rádio possível, para as almas de todo o país que se quedaram neste mundo. Como eu disse outra hora pro meu pai, num impulso, essa é uma transmissão histórica, e...

Ah, meu pai e o Kyoichi...

Quer dizer que eles... Entendi.

Hã... Posso deixar uma música pra vocês ouvirem? Acho que preciso de um momento pra organizar as ideias.

Vejamos... já sei, vamos ouvir a voz serena de uma jovem cantora inglesa, Corinne Bailey Rae. O primeiro álbum dela estourou no mundo inteiro, mas depois da morte repentina do seu marido ela se afastou um pouco da música. Depois de algum tempo lançou este álbum, *The Sea*, em 2010. Deixo com vocês a faixa que dá nome ao disco. É inspirada num acontecimento da família dela — o avô dela perdeu a vida num naufrágio enquanto a tia assistia a tudo da costa, sem poder fazer nada. Em japonês, o nome dessa canção é "O mar daquele dia".

"Alô?"

Ah, hã, pois não?

"Alô-ô?"

Pois não, aqui é o DJ Ark.

"Hã, me desculpe por interromper assim, logo antes da música. Ainda mais depois de tudo pelo que você passou, DJ Ark. Eu acompanhei por aqui. Aqui quem fala é Takeo Kimizuka, que estava reportando ao vivo do hotel à beira-mar."

Claro, sr. Kimizuka! Ah... Então você também...

"Como?"

Ah, não é nada, desculpe. E aí, o que houve? Conseguiu encontrar uma escada para descer?

"Sim. Digo, não foi bem uma escada, mas eu gostaria de fazer mais um relatório da situação por aqui. Não vai tomar muito tempo."

Está bem. Vamos agora a uma cobertura ao vivo com o sr. Kimizuka, falando do hotel Togaen. É com você, Kimizuka.

"Bem, eu decidi seguir as setas azuis daquele corredor sobre o qual falei anteriormente, com o piso como de um hospital. O corredor não tinha janelas nem aberturas para ventilação, só se ouvia um ruído metálico agudo, *kiiiii*. Fui explorando, ouvindo seu programa como apoio moral, sr. Ark."

Fico feliz em saber. Me constrange pensar que esse meu falatório patético seja o apoio moral de alguém, mas...

"Não, imagine, a chave do seu sucesso é o fato de você continuar falando sempre, não importa o que aconteça. Bem, vou contando na ordem que aconteceu. No começo as setas azuis seguiam reto pelo corredor, mas a certa altura viraram uma esquina para a esquerda, depois um pouco mais adiante para a esquerda de novo, e assim repetidas vezes. A distância entre as curvas foi ficando cada vez menor, até que uma hora eu estava girando para a esquerda, como se descesse uma escada em caracol, e o piso estava mesmo meio inclinado para baixo.

"A luz da lanterna deixou de alcançar as paredes ao meu redor. Ou seja, talvez eu deva dizer que não havia mais paredes? A luz era tragada pela escuridão e desaparecia. A única coisa que eu conseguia iluminar vagamente era o piso estreito de linóleo em que pisava, e as setas azuis correndo no centro dele. Era como caminhar pela rosca de um parafuso, descendo para o fundo da terra.

"Enquanto caminhava, perdi várias vezes a noção do tempo. Parei de prestar atenção na rádio e já tinha quase me esquecido de que estava descendo para procurar o Sakuragi.

"Aí eu percebi, Ark, que também ouvia a sua voz vindo de baixo, sob os meus pés. Bem baixinho. Distante. Mas, sem dúvida, era exatamente a mesma voz que eu escutava no meu ouvido. Guiado por ela, continuei girando para a esquerda, cada vez mais rápido. Tinha uma coluna central, na qual eu segurava com a mão esquerda enquanto ia rodando e rodando, mergulhando por um tempo sem fim. Quando cheguei lá embaixo, no lugar de onde vinha o som da rádio, era justo o final da escada em caracol, e a seta azul ainda apontava para o escuro abaixo, como uma âncora.

"Eu me agachei ali, segurando a base da coluna, e afundei a mão direita na escuridão. Na direção de onde ouvia baixinho a sua voz, Ark. Ao fazer isso, toquei em uma mão gelada, oscilando. Agarrei essa mão, sem hesitar. É a mão esquerda de alguém. Eu não senti medo algum, porque essa pessoa também é ouvinte do nosso programa. Não consigo ver absolutamente nada dela. Está toda dentro da escuridão. A lanterna só ilumina, de leve, a seta azul.

"Agora estou assim, encolhido no patamar estreito da escada, segurando com firmeza a mão para que a pessoa não afunde mais ainda. Infelizmente, não é o Sakuragi. Mas, parado aqui desse jeito, chego a sentir que eu é que estou afundando e essa mão está me socorrendo."

"DJ Ark, eu também gostaria de entrar ao vivo."

Sim, por favor. Reconheço a sua voz. Foi o que eu pensei. É você, não é?

"Sim. Obrigada por enviar Kimizuka até mim. Quem deu a mão para ele fui eu, a ouvinte anônima que estava sozinha no fundo da água escura. Nossos dedos estão tão gelados que dá até vontade de rir."

HAHAHA. Até eu achei gozado.

Bem, agora vou mesmo colocar a música.

"The Sea", o mar daquele dia, de Corinne Bailey Rae. Imaginem.

4.

"No fim das contas, continuo não escutando nada."

"Tudo bem, eu também não estou ouvindo nada. Quer dizer, 'tudo bem' é um jeito estranho de falar, mas não fica tão aflito."

"Não consigo nem imaginar que tipo de programa é."

"Você nem sabe se é mesmo um programa, sabe?"

"É, verdade. No começo eu só pensei que com certeza aquela pessoa no alto da árvore estava se queixando de algo."

"Mas aí o... era Kô, o nome? O dos óculos de mentira, que você mencionou no e-mail que mandou de tarde."

"Isso, o Kô escutou ontem à noite e disse que parecia uma rádio."

"Aliás, que e-mail comprido, hein? Você chegou de Fukushima hoje cedo, não foi?"

"Foi, de manhã. Cheguei em casa mas não conseguia dormir, aí resolvi te contar o que aconteceu, comecei a escrever e não parei mais. No fim, escrevi até umas duas da tarde e só depois cochilei um pouco."

"Eu até dei risada. Ficou um conto de bom tamanho!"

"Senti que só desse jeito eu ia conseguir te contar."

"Eu pensei que, se você consegue escrever nessa velocidade, podia já ter publicado muito mais coisa..."

"HAHAHA, pois é."

"Não estou reclamando, viu?"

"Aham, eu sei."

"E depois, o que aconteceu?"

"Hum... Eu estava meio mole quando acordei do cochilo, então tomei um banho quente."

"Não! O que aconteceu no carro, com todo mundo. Depois que o Kô falou que estava escutando uma música no *repeat*."

"Ah, no carro? Teve uma hora, bem depois, acho que já estava amanhecendo... A gente tinha chegado num trevo e parado para descansar, e o Kô começou a mexer no rádio, virando o botão pra lá e pra cá."

"Ajustando a frequência."

"É. Só que o rádio estava desligado! E o Nao, sabe, aquele dos voluntários?"

"Sei, o líder. Achei a opinião dele bem impactante... Mesmo que eu não concorde exatamente com ele."

"Então, isso foi na hora em que o Nao e os outros saíram pra fumar. Era como se o Kô se sentisse culpado diante dele por estar ouvindo algo."

"Bom... O Nao rejeitou completamente esse assunto, né."

"Ele disse que tinha uma voz gritando, aos prantos."
"O Kô?"
"É, falou que estava chiando muito, mas que no meio dos chiados dava pra ouvir uma pessoa muito alterada. Ficou enfiando o dedo no ouvido e coçando. Disse que, quem sabe, estava ficando maluco."
"Talvez estivesse mesmo."
"Que maldade."
"Ué, mas é perfeitamente possível. Se ele estava ouvindo um rádio desligado! O Kô que me desculpe, mas isso é um sintoma típico daquela doença mental, aquela mania de perseguição em que a pessoa acha que as ondas eletromagnéticas transmitem vozes pra ela."
"É, tem razão, mas..."
"E você, que fica tentando ouvir a mesma voz, também está bem biruta."
"Verdade."
"E depois, o que o Kô fez?"
"O Nao e o Kimura terminaram o cigarro. O Gamu também voltou depois de bastante tempo no banheiro e não disse mais nada. No resto da viagem, a gente se entreolhou algumas vezes pelo retrovisor."
"Só você sabia que ele estava escutando a voz, né?"
"É, e pelo jeito dele, acho que continuou escutando esse choro por bastante tempo."
"Parece história de terror."
"É, sei lá..."
"Mas por que você não escreveu essa parte?"
"No e-mail?"

"Isso."

"Eu tinha escrito, mas apaguei."

"Por quê?"

"Quem sabe porque achei que ia ficar parecendo história de terror."

"HAHAHA. Então avaliou bem a situação."

"... Kô... eu..."

"Oi?"

"... lô..."

"Alô?"

"A... alô?"

"Ah, estou te ouvindo. Será que foi o meu sinal?"

"É, ficou fazendo um barulho de estática. Pensei que era o meu ouvido ruim e troquei de lado, mas o barulho continuou..."

"O sinal anda meio fraco... Será que é por causa do prédio enorme que construíram aqui do lado?"

"Não, acho que hoje em dia eles já conseguem evitar esse tipo de coisa."

"Vai ver é o meu aparelho?"

"Não deve ser. Se você reclamar com a operadora que o sinal está fraco, eles reforçam a antena."

"É? Ai, que preguiça... Bom, depois eu vejo isso. O que você estava falando?"

"Eu? Ah, ia perguntar: se eu passasse dessa pra uma melhor, que tipo de rádio será que eu faria?"

"Não faria rádio nenhuma."

"Nossa, nem parou pra pensar e já negou?"

"É que normalmente quem morre não faz essas coisas."

"Tá, então vou mudar a pergunta. Que tipo de rádio você gostaria que eu fizesse depois de morrer?"

"Bom, pra começo de conversa, eu preferiria que você não morresse."

"Tá, eu sei, mas..."

"Também não ia querer programa de rádio nenhum. Eu ia querer que você descansasse em paz."

"Faz sentido. Mas e se fosse uma rádio só pra você? E se eu ainda tivesse muitas coisas pra te dizer, que não tive tempo de falar enquanto estava vivo?"

"Mas isso seria uma transmissão de rádio? Não seria tipo aparecer em sonhos? Aliás, acho que eu ia querer sonhar com você. Todas as noites. Não, mentira, acho que todas as noites seria meio puxado."

"HAHAHA, puxado?"

"É, porque eu ia ter que superar, né? Mas se te encontrasse nos sonhos, eles iam acabar virando o centro da minha vida."

"Mas não seria pra sempre, claro! Só por alguns dias ou semanas. Ou quem sabe umas vezes por ano... por vários anos."

"Brincadeira. Quer dizer, gostaria de te ouvir todos os dias, sim. Porque tenho certeza de que não ia querer superar coisa nenhuma. Mas você falou de fazer uma transmissão só pra mim, e acho que eu ia preferir te ouvir vivendo a vida normalmente."

"Como se estivesse me espionando?"

"Hum... Não, tipo aqueles programas bem tranquilos que tem nas rádios públicas, de madrugada. Isso,

acho que eu ia querer te ouvir entrevistando uns convidados especialistas e coisas assim."
"Ah, pra saber como eu sou normalmente?"
"É. Aí eu ia pensar 'nossa, não sabia que ele gostava tanto de toupeiras' ou 'olha só, não imaginava que ele sempre quis visitar a cidade de Zagreb'."
"Zagreb? Onde que é isso mesmo?"
"É a capital da Croácia."
"Eu falei alguma vez que queria ir pra lá?"
"Não, não. Só mencionei isso porque hoje eu estava lendo notícias internacionais on-line e fui parar num post meio curioso."
"Ah, entendi."
"Acho que acabei usando como exemplo porque tenho a impressão de que esse post tem a ver com a sua história. Era um blog de alguém daqui do Japão que está rodando pelo Leste Europeu."
"Puxa, você lê até essas coisas?"
"Aham, eu gosto bastante de ler blogs de desconhecidos. Mas, então, as guerras civis na Croácia foram terríveis, né. Primeiro foram os conflitos para se separar da Iugoslávia. E muita gente morreu na limpeza étnica feita pelos sérvios e depois nas retaliações."
"É verdade."
"Quem escreve o blog ouviu um rumor certa noite num botequinho de que no centro de Zagreb tem um cipreste, no jardim de uma instituição do governo, que todas as noites nesse verão ficava cheio de espíritos azuis. O post dizia que como o cipreste é um símbolo dos mor-

tos, talvez no fundo os croatas tenham medo de serem os espíritos dos sérvios cujas vidas eles tomaram. E que o que mais os aflige é não conseguirem compreender as palavras de ódio dos sérvios. Aquilo que não se compreende dá medo, e a sensação de estarem sempre sendo observados é insuportável. O post também questionava se os sérvios não sentiriam o mesmo."

"As línguas são tão diferentes assim? Mesmo eles tendo vivido juntos na era da Iugoslávia?"

"Não, parece que não são muito diferentes. São praticamente iguais. O blog dizia que isso era o mais interessante, e pra mim fez muito sentido. Quer dizer, os dois lados sentem que seus ouvidos são incapazes de acompanhar, ou melhor, de aceitar, o que é dito por aqueles que eles condenaram à vida nômade. Justamente por guardarem a culpa de não entender os sentimentos dos seus oponentes, acabam tapando os ouvidos para essas palavras, dizia o blog."

"Sei, faz sentido."

"Guerras civis e desastres naturais não são a mesma coisa, claro, mas fiquei com vontade te contar essa história, tanto pela coisa das pessoas no alto da árvore quanto pela parte de não compreender o que os espíritos dizem. Queria te dizer que você está em Zagreb, também. Mas aí usei a cidade como um exemplo meio nada a ver e o assunto acabou saindo fora de hora."

"Obrigado. Agora que você mencionou, acho que tenho mesmo, em algum lugar, essa sensação de ser responsável pelo sofrimento alheio. Por que será? E o pior é que acho que todos sentem isso, tanto as pessoas do local do desastre quanto as que moram muito longe. Todo mundo sente, em maior ou menor grau, essa culpa. Todos os que sobreviveram. Talvez seja por isso que eu, pelo menos, não consigo assimilar o que a pessoa no alto da árvore está falando. É... Pela primeira vez isso de navegar na internet me pareceu útil."

"Você tá zombando de mim?"

"Não, de jeito nenhum. Mas, bom, voltando ao assunto..."

"Qual era mesmo o assunto?"

"A tal rádio, na qual eu vou falar sobre Zagreb."

"HAHAHA. De novo essa história de rádio? Impressionante como você ficou cismado com isso. Se fixou de verdade nessa imagem."

"É, me fixei. Eu mesmo tenho noção disso, mas não consigo parar. Mentira, nem queria parar. Quero continuar pensando sobre o que falam os mortos. Afinal..."

"Tá bom, tá bom. Então deixa eu contar só mais uma coisa, antes de você voltar para o seu tema. É que tem outra pessoa igual a você."

"Igual a mim?"

"É. Quer dizer, eu achei igual, mas talvez você fique revoltado. É que ultimamente o sogro da minha irmã mais nova tem sido internado toda hora. Ele está com uns setenta e cinco anos ou pouco mais, e era bem saudável, mas no verão do ano passado desmaiou no jardim de casa. Levaram ele de ambulância pro hospital, fizeram vários exames e não encontraram nada de errado, nem no cérebro nem no coração. Disseram que no máximo ele estava com deficiência de minerais. Enfim, deve ter sido uma insolação."

"Mas pra uma pessoa de idade insolação pode ser perigoso."

"Sim, claro, mas não é motivo pra pessoa passar meses internada, né? E desde então ele reclama de manhã até a noite, diz que está se sentindo mal, que não fica aliviado quando evacua, que está estufado, que perdeu o apetite, que os pés estão inchados, passa o tempo todo aflito e pede pra fazer mil exames superdetalhados, mas nunca encontram nada."

"E a sua irmã está cuidando dele?"

"Não, a sogra dela ainda tem saúde, então geralmente é a sogra quem o acompanha, mas ela também já tem idade, né. Minha irmã fica preocupada e vai com frequência ajudar. Já estão no terceiro hospital!"

"Ficam mudando de um pra outro?"

"É, porque tem um limite pro tempo de internação, depois acabam mandando ele pra casa. Com o tempo os médicos começam a ficar irritados, afinal não tem nada de errado com o homem. Aí ele vai pra outro hospital e se interna de novo, faz mais exames. Vive assim."

"Deve ser muito difícil para a esposa dele."

"É. Pra piorar, no primeiro hospital, depois de fazer uns exames neurológicos, encaminharam eles pro departamento de medicina psicossomática e lá cochicharam pra ela que o marido parecia estar com algum tipo de obsessão que não o deixava superar a ansiedade, e que ela precisava ficar de olho porque era possível ele tentar o suicídio."

"Nossa! Tipo depressão geriátrica?"

"Acho que não diagnosticaram com esse nome, mas, de fato, parece que desde o dia do terremoto, ele parou completamente de beber. E, assim, era um sujeito bom de copo, muito animado, cheio de amigos. Aí, de repente, declarou que não queria beber mais nem uma gota, ficava só vendo imagens do tsunami o dia inteiro, quase sem comer, sem querer ver ninguém. Até que acabou desmaiando e sendo internado, e agora fica nessa de ser internado, voltar pra casa, ser internado de novo..."

"Deve ter sido um choque. Eu mesmo desliguei a TV várias vezes porque era doloroso demais de ver. Se alguém passar dias a fio vendo essas imagens, não é de admirar que fique com cicatrizes profundas."

"Nessa clínica psicossomática, disseram que não era pra ficar tentando fazer ele se animar."

"Bom, isso se parece bastante com as recomendações de como lidar com pessoas deprimidas."

"O médico, um cara jovem, disse que quanto mais a gente diz 'força, vamos lá!' e esse tipo de coisa, mais desesperadas as pessoas ficam, porque o estado delas é distante demais disso. Falou que o senhor estava tentando suportar a situação como podia e que o melhor era tratar ele com silêncio e respeito."

"Silêncio e respeito... Entendi."

"Mas, pensando pelo lado da sogra, deve ser muito difícil ficar só observando em silêncio o marido, depois de te avisarem que existe o perigo de ele tentar se matar, né. Por mais que digam pra não fazer isso, é inevitável querer dizer algo pra animar a pessoa. Ou seja, começa a ficar complicado pra ela também, psicologicamente."

"Ela é mais uma vítima."

"Além de tudo, a região deles fez parte do blecaute programado, então ficavam os dois sozinhos no escuro, com a televisão desligada, ele imóvel com o fone do rádio enfiado no ouvido. Fiquei com tanta pena quando minha irmã me contou isso."

"Fone do rádio?"

"Ah, é, então. Tem isso. Esqueci justamente a parte da história que mais deve te interessar. Parece que, desde a tarde daquele dia até hoje, o sogro passa o tempo todo com o fone do rádio enfiado no ouvido direito. Ouve rádio até enquanto vê televisão."

"Na época, as informações foram tão confusas... Até que dá pra entender que uma pessoa de idade, que não sabe usar a internet, faça algo assim."

"Mas não é meio estranho ele continuar desse jeito, vivendo com o fone enfiado no ouvido, mesmo agora que a situação já se acalmou e não tem mais relatórios de emergência? Ele não quer tirar nem quando recebem visita, nem pra deixar o médico contar os resultados dos exames que está ansioso pra ouvir. Se minha irmã ou a sogra dela insistem e dizem que é falta de educação, ele tira, contrariado."

"Será que ele quer bloquear o mundo exterior?"

"Mas, pra começo de conversa, será que existem programas tão bons que a pessoa consegue ouvir sem parar, com tanto interesse? Foi o que perguntei pra minha irmã no telefone. Será que as rádios são tão legais assim hoje em dia? Ela disse que já perguntou várias vezes o que é que ele escuta."

"Eu também queria saber. Será que tem algum programa incrível que a gente não conhece?"

"Só que ele não responde. Geralmente, só resmunga qualquer coisa e enfia o fone mais fundo ainda no ouvido. E, como se não bastasse, segundo a minha irmã, tem horas em que o rádio nem está ligado. Disse que às vezes ele está lá ouvindo, todo concentrado, sendo que a luzinha do rádio nem está acesa."

"... Ele fica ouvindo um rádio sem som?"

"É."

"E escuta alguma coisa mesmo assim?"

"Imagino que sim. Não tinha me dado conta disso até falar, agora fiquei surpresa."

"Acho que ele não deve ouvir nada..."

"Não? Será que não está tocando o mesmo programa que o Kô ouviu?"

"Hum, não sei. Ele está tão fechado em si mesmo, sofrendo... Além disso, o seu ponto era que esse senhor se parecia comigo."

"É, nisso você tem razão."

"Eu acho que, pelo contrário, ele também quer ouvir as vozes dos mortos, só pensa nisso, mas não consegue ouvir. Tudo o que ele ouve de fato são expressões de falsa alegria. Da televisão, do rádio, dos jornais, das ruas. Todos querem lamentar os mortos para logo se afastarem e se esquecerem deles numa pressa desenfreada, como se esse fosse o único caminho possível para a sociedade seguir adiante."

"E esse senhor está tentando resistir a esse movimento, armado com um fone, é isso?"

"Acho que, no mínimo, ele está concentrado, tapando os ouvidos. Tanto para o mundo exterior quanto para a culpa que tem dentro de si."

"Quem sabe ele ouve os vivos com o ouvido esquerdo e espera ouvir a voz dos mortos com o direito."

"Ah, pode ser. Se bem que a gente está começando a tratar ele como um santo…"

"HAHAHA, encontrei com ele uma vez, era só um senhor simpático, boa gente. Não tinha nenhuma cara de santo. Mas tenho a impressão de que isso que você falou agora explica a natureza da doença dele melhor que os médicos. A minha irmã sempre fala que ele parece estar sofrendo emocionalmente. Por isso pensei em você."

"Porque eu pareço estar sofrendo do mesmo jeito?"

"Pode ser. Mas — agora posso me abrir com você —, em certa medida acho que eu também estou. Desde que ouvi essa história da pessoa no alto da árvore, volta e meia tenho o mesmo sonho."

"Sério? Não sabia."

"É, eu não te contei."

"Por que não?"

"Porque queria que você largasse logo dessa mania de pensar o tempo todo na voz de uma pessoa morta. Se eu dissesse que acabei entrando na mesma, ia te dar mais corda."

"Ia mesmo! Como é o sonho?"

"Ai, não devia ter falado nada. Então, no sonho tem um homem no alto de um cedro, deitado de barriga pra cima, com um pássaro preto e branco pousado do lado. Eu sou o pássaro e estou bem perto dele, tentando escutar. Mas, na verdade, não dá pra ver o homem, porque ele tá todo coberto de neve, o corpo e o rosto. E eu não ouço nada. Entendeu? Não ouço nada."

"Mesmo que não dê pra ouvir, pelo menos você consegue ver, tão claramente! Que inveja."

"Inveja de um sonho imóvel como um quadro? Mesmo que eu quisesse saber mais, o sonho não me dá nenhuma pista, e nele a minha capacidade mental é baixíssima, tudo o que sou capaz de fazer é ficar ali parada, agarrada ao galho com meus pés de pássaro. Ficamos assim nessa situação, pra sempre, em silêncio."

"Você acha que é um pesadelo?"

"Ainda não. Se alguma hora a pessoa da árvore se erguer de repente e começar a se lamentar, acho que virá um."

"Mas, desde o começo, não é como se a gente estivesse tentando ouvir palavras agradáveis."

"Tudo bem, mas ouvir as queixas de um morto diretamente da boca dele é coisa de pesadelo, não é?"

"Acho que sim."

"E, durante esses sonhos, eu-pássaro fico lembrando daquela história que você contou, sobre a mulher que você viu na plataforma da estação."

"Você-pássaro?"

"É. Se é pra ser pássaro, no mínimo eu podia ser um mais charmoso, tipo um rouxinol ou um pavão, mas, além de tudo, sou um pássaro sem graça, branco e preto, um pouco estufado por causa do frio, preso nesse sonho em que nada se move, pensando naquela história. Você lembra? Um dia, há muito tempo, você disse que nunca tinha visto ninguém tão triste."

"Lembro. Foi uma mulher que vi no metrô, já faz vários anos."

"Era um raro dia em que a gente podia se encontrar sem preocupação e tinha até feito reserva em um restaurante italiano bem recomendado... Mas, assim que me encontrou na estação, você disse que precisava me contar sobre essa mulher, urgente, e não aguentou nem andar até o restaurante, acabamos entrando num bar qualquer no caminho. Foi péssimo! O pior encontro que já tive na vida. Com um homem monomaníaco e tirânico."

"Desculpa. Lembro que nessa noite você deu um pisão violento no meu pé por baixo da mesa do bar e eu voltei a mim. Sacudiu a mesa toda, o peixe frito que a gente estava comendo quase caiu no chão."

"HAHAHA. Dei, é?"

"Deu. E não foi qualquer pisão, você me espetou com o salto."

"Mas isso foi só depois de aguentar seu falatório por uma eternidade, não foi?"

"Hum, pode ser."

"Eu sou um doce de pessoa, sabe?"

"É, mas passei vários dias mancando depois."

"Foi o preço que você pagou pra eu ouvir tudo aquilo. Mas, bom, deixando de lado esse detalhe violento, a questão é que naquele dia você estava sozinho no trem, em pé perto da janela, e viu a tal mulher sentada em um banco na plataforma do lado oposto."

"Não, eu vi justo a hora em que ela se sentou. Se sentou largando o corpo, na beirada do banco. Era uma mulher bonita, de óculos, com a pele clara. Os braços eram magros, as mãos seguravam a bolsa apoiada sobre os joelhos, que apareciam por baixo da saia, e ela tinha os olhos cravados num ponto um pouco adiante no chão. Sua expressão era difícil de descrever. Oca, como se seu corpo tivesse virado uma caverna. Não estava chorando nem nada, mas vi que ela estava profundamente triste. Senti uma tristeza terrível se espalhar ao seu redor, num instante, e tomar toda a estação."

"Você falou que era como uma substância trêmula e transparente, preenchendo todo o túnel."

"Era mesmo. Como se eu estivesse vendo essa mulher através do fundo de um mar muito cristalino. Uma luz verde-amarelada tremeluzia diante dos meus olhos. Eu não podia sequer imaginar o que teria acontecido com ela. Me senti atingido por um raio, não consegui tirar os olhos dela nem quando o trem começou a se mover."

"Bom, ouvindo você falar, parece que você está pensando demais."

"É, realmente. Eu tenho essa mania. Só que nunca tive tanta certeza do que outra pessoa estava sentindo, até hoje não consigo me esquecer daquilo. Volta e meia me pego pensando o que será que tinha acontecido, o que poderia causar tamanha tristeza silenciosa."

"Eu, por outro lado, me pergunto às vezes o que poderia ser a tal substância trêmula e transparente, que tipo de metáfora era."

"Desculpa, não consegui me expressar direito."

"Não, não. Só fiquei pensando como seria isso, conseguir sentir a tristeza de outra pessoa dessa maneira. E aí, de repente, eu saquei. Quer dizer, foi o eu-pássaro, fui percebendo de um jeito meio lento. No sonho. Percebi que, apesar de a pessoa na árvore não se mexer e não emitir som nenhum, era inegável que alguma coisa preenchia o ar ao nosso redor."

"Uma coisa trêmula?"

"Isso. Era transparente, mas dava pra ver a ondulação, como no fundo do mar. Eu sentia o balanço no meu próprio corpo, sabe? Uma substância gelada, que transmite o movimento, mas é límpida, não turva. Aí pensei que talvez fosse essa a sensação que você tentou descrever."

"Você-pássaro pensou."

"Isso, eu em forma de pássaro feio pensei. Enquanto encarava esse homem lá no alto."

"É que você estava compartilhando da tristeza dele."

"Mas você é um romântico incorrigível, hein? Será que eu estava?"

"Porque ele deve, mesmo, estar triste."

"Mas você deseja palavras mais concretas, não é? Afinal, não estava perguntando agora há pouco se faria uma rádio para mim quando morresse?"

"É, e você me cortou na lata. Disse que prefere me ouvir falar sobre toupeiras."

"HAHAHA. Eu acho que seria melhor."

"Você não ia ficar triste?"

"Triste?"

"Não ia querer que, depois de partir deste mundo, eu mandasse algum tipo de mensagem especialmente pra você?"

"Estou achando que você é sensível demais e tem imaginação de menos."

"Ih, o pior de dois mundos."

"Pensa do meu ponto de vista! Se eu te perdesse e estivesse me sentindo como se tivessem arrancado meu coração pra fora do corpo, eu lá teria coragem de receber uma mensagem direta de você pra mim? Ia me acabar de chorar ao ouvir sua voz, ficar maluca. Acho que, no fim, seria o contrário, ia parecer uma tortura."

"Ah, é mesmo... Tem razão."

"Pra quem foi obrigado a te dizer adeus, deve ser melhor ficar um tempo com a impressão de que talvez você tenha partido, talvez não. Quando seu pai morreu não foi assim? Com meu irmão mais novo, foi."

"Ah..."

"Pois é. Foi por isso que pensei que, até as coisas se acalmarem, gostaria de escutar você conversando normalmente com alguém."

"Mas você gostaria de ouvir a minha voz, então?"
"Claro."
"Tá, com isso já fico feliz, pra ser sincero."
"HAHAHA. A sinceridade é seu ponto forte. Quando te ouço dizendo essas coisas, me dá um arrepio aqui pra baixo da barriga."
"Te deu agora?"
"É, bem agora."
"Queria te fazer um carinho."
"Queria que você fizesse."
"Queria te ver."
"Quando será que a gente vai conseguir se ver?"
"Ainda não sei bem."
"Você queria?"
"Queria, sim."
"..."
"Eu acho que toda a região devia hastear bandeiras negras diante de todas as casas e prédios por uns dez anos. Podiam ficar a meio mastro, claro. E eu também poderia viver com uma faixa negra de luto no braço."
"Hã? Você mudou totalmente de assunto?"
"Pra mim, estão relacionados."
"Ah, é? Então continua."
"Eu acho que o único jeito de reconstruir o país é junto com os mortos. O que a gente está fazendo, tentando tapar a realidade e fingir que não foi nada? O que é que deu nesse país?"
"Verdade."

"Nós sempre seguimos adiante de mãos dadas com os mortos, não foi? No bombardeio em Tóquio das histórias do Chuya Kimura, na bomba de Hiroshima de que o Gamu falou, na de Nagasaki também, e em todos os outros desastres. Mas, em algum momento, o Japão se tornou incapaz de abraçar os mortos. Por quê?"
"Por quê?"
"Eu acho que é porque paramos de ouvir a voz deles."
"..."
"Quem morreu não está mais neste mundo. Temos que esquecê-los e viver a nossa vida. Sim, sem dúvida. Se ficarmos enredados com eles para sempre, isso vai acabar roubando também o tempo de quem sobreviveu. Mas será que esse é o único caminho certo? Não podemos abrir os ouvidos para as vozes de quem morreu, sem pressa, nos entristecer e lamentar por eles, e ao mesmo tempo ir caminhando adiante, pouco a pouco? Junto com os mortos?"
"Mesmo se as vozes deles não nos alcançarem?"
"Sim, mesmo assim. Já me conformei."
"Agora você está falando de mim, né?"
"É. Vou começar devagar, por mim."
"Fique à vontade. Não vou te parar."
"O fato é que eu te perdi naquele dia incrivelmente bonito de outono. Mais de seis meses antes do terremoto."
"É. Então, na verdade, eu não vi esse desastre. Só imagino, pelo que você me conta."

"Passei alguns dias sem notícias suas. Fiquei mandando mensagens, já que eu não podia te ligar. Afinal, ninguém no mundo sabia de nós dois, então não me avisaram nada. Três dias depois, recebi um e-mail sobre o enterro. Foi uma mensagem geral, para todos os envolvidos no centro cultural, informando que tinha acontecido tal e tal coisa com a esposa do sr. R. Então, para ser preciso, emocionalmente eu não diria que te perdi no dia lindo de outono. Só mais tarde, relembrando, é que me dei conta — ah, foi naquele dia."

"Desculpa... Não consegui fazer nada."

"HAHAHA. Não tem por que você se desculpar. Não dava pra você me ligar no meio de um acidente como aquele."

"Eu sei, mas..."

"E mesmo que você conseguisse, por algum milagre, não seria uma boa ideia deixar a ligação no histórico do celular."

"Foi exatamente isso que pensei, justo na hora em que vi que ia perder a consciência. Me doeu, essa realidade."

"Da minha parte, pensei que não era apropriado eu aparecer no funeral. Para começar, eu ainda não conseguia acreditar. Três dias antes a gente tinha conversado por telefone normalmente! Então não vi seu rosto no momento final."

"Ainda bem. Não fui eu que fiz a maquiagem, prefiro que você não tenha visto."

"Pra alguém com a sua personalidade, pode ser mesmo. E aí, desde então, busquei sua voz nas minhas memórias, nos meus sonhos... Não queria só lembranças vagas dela, queria te ouvir claramente. Quer dizer, queria conversar com você."

"Durante um tempo a gente não conseguiu conversar, né."

"Até eu inventar este método."

"É, foi uma grande descoberta! Ao escrever, você vai imaginando as coisas que eu quero dizer. Mesmo que não ouça a minha voz, você capta o sentido."

"Agora pretendo continuar escrevendo assim pelo resto da vida."

"Será? Tenho certeza de que logo mais vai aparecer alguém legal e aí você não vai mais precisar fazer esse tipo de coisa. Até meu marido parece que já encontrou alguém."

"É, ela é uma graça, tem dado muita força pra ele. Mas, no meu caso, acho que eu continuaria dependendo da sua voz..."

"Ah, não, aí eu deixo por conta da próxima pessoa. Não quero me meter em mais um triângulo amoroso."

"Hum, é mesmo... Pode ser."

"Né?"

"Falando nisso, naquela noite em que você pisou no meu pé no bar, quando voltei pra casa vi que a lingueta do meu tênis estava suja de sangue."

"Nossa, machucou tanto assim?"

"Aham. Era um tênis laranja, então na hora eu não percebi, mas quando tirei a meia vi que tinha arrancado um pedaço de pele e feito um belo machucado."

"Puxa, desculpa."

"Não, o que eu queria falar não era isso. É que, quando sarou, apareceram umas pintas na pele, não sei por quê."

"Pintas?"

"É, três pintas, pequenininhas, que nem estrelas."

"Por que você não me mostrou na época?"

"Não achei que fosse tão interessante."

"Mas você mesmo achou interessante, não achou?"

"É, um pouco. Na verdade, agora é que eu olho mais. Porque é uma marca que você deixou em mim."

"Credo, que xavequeiro."

"E não paro por aí: eu te amo."

"Você anda mandando ver, né."

"É, resolvi falar tudo o que tiver pra falar. Não quero deixar de te dizer alguma coisa e me arrepender depois."

"Tá, então eu também."

"Você também o quê?"

"Desculpa eu ser meio volúvel. Mas eu te amo. E tenho uma pergunta importante."

"Diga."

"Sem rodeios: eu sou um espírito?"

"... Hum, chegou a hora? É uma pergunta muito importante, realmente. Eu também tenho pensado muito sobre isso."

"Então quero que responda direito. Essa que está falando aqui, que você está escrevendo, está na sua frente, feito uma aparição?"

"Não, acho que não. O que eu penso é que há um lugar, um território que podemos chamar de mundo dos mortos, e você está lá."

"Bom, mas é isso que a gente chama de mundo dos espíritos."

"Não pretendo negar a existência do mundo dos espíritos nem nada assim. Só que, caso esse mundo exista, imagino que o momento em que ele ficaria mais cheio seria na hora da extinção da raça humana, não é? O que estou chamando de mundo dos mortos é o contrário disso. É um lugar que não pode existir sem os vivos. Se todos os seres humanos vivos desaparecerem, também não haverá mais mortos."

"Quê? Como assim, que lógica é essa? Peraí, peraí. Se os mortos não podem existir sem os vivos, você quer dizer que os mortos são tipo uma invenção dos vivos, uma extensão de suas memórias? Então nós vivemos só dentro das mentes de quem não morreu e surgimos como convém unilateralmente aos vivos."

"Não, acho que não é isso."

"Ué, por que não?"

"As memórias dos sobreviventes também não existiriam se não fossem os mortos. Pensa só, se ninguém morresse não daria para pensar coisas como 'ah, se tal pessoa estivesse viva agora…'. Os mortos dependem dos vivos e vice-versa. Não é uma relação unilateral, de maneira nenhuma. Não é questão de existir apenas um ou outro, ambos formam uma coisa só."

"Hum, inclusive você e eu, por exemplo?"

"Isso, nós somos dois lados da mesma coisa. Por isso eu, que estou vivo, passo a minha vida sempre pensando em você, que morreu, e você, que está morta, existe a partir dos meus chamados e pensa através de mim. E assim construímos juntos o futuro. Mais do que os vivos abraçarem os mortos, mortos e vivos se abraçam mutuamente. Será que estou louco? Essa foi a conclusão a que cheguei depois de me desesperar e me acabar de chorar."

"Hum, não sei. Pelo seu raciocínio, essa é a minha deixa para participar, né? Então... não digo que você esteja certo, nem que esteja louco. Mas fico feliz e orgulhosa por você, que está vivo, pensar através de mim, que não estou."

"Obrigado. Eu também me orgulho de ter você ao meu lado. Sei que se você não ficasse me amolando com perguntas, essa conversa, pelo menos, não existiria."

"Amolando?"

"HAHAHA. Brincadeira."

"Bom, continuando com a amolação, e o homem no alto da árvore, como fica? No meu caso ainda vai, porque nós compartilhamos memórias. Mas não é complicado tentar construir o futuro junto com alguém como ele, com quem você não tem nenhuma relação?"

"Então, é por isso que só me resta escutar com atenção e esperar."

"Estou começando a achar que é aí que entra aquela tal substância trêmula."

"A tristeza?"

"Pelo que sinto dentro do meu sonho, eu diria que você ainda não se entristeceu de verdade por ele. Ao seu redor não tem essa substância ondulante, esverdeada. Você diz que está cismado com o homem no alto da árvore, que está obcecado, mas no fundo é só um desconhecido, uma história que você ouviu de terceiros."

"Minha querida morta não tem papas na língua."

"É que passo a noite inteira olhando pra ele, bem de perto. E sentindo a tristeza. Mas, escuta, e se você pudesse sentir através de mim-pássaro?"

"Ah, se eu conseguir me conectar com você no sonho!"

"E sentir a tristeza através de mim."

"Observando essa pessoa imóvel."

"Tomara que você consiga ouvir a rádio."

"Se eu conseguir, pego qualquer papel que esteja por perto e anoto o que estiverem dizendo. E quero pedir uma música, uma só. Para oferecer ao homem no alto da árvore. Chama 'Redemption Song', do Bob Marley."

"Não conheço..."

"Você não gostava de reggae, né. Dizia que as músicas eram todas iguais. Eu achava um absurdo."

"Você ficou nervoso, perguntou se meus ouvidos funcionavam direito, HAHAHA. A gente brigou bastante."

"Mas essa música é totalmente diferente. Isso é raro pro Bob Marley, mas ela não é um reggae. É só ele e o violão, tem um jeito meio rhythm and blues. A letra é baseada na Bíblia, uma canção para consolar os mártires que sofrem."

"Hum… Coloca no telefone um dia desses pra eu ouvir."

"Tá. Mas se você vier de novo dizer que não gostou, vou ficar doido."

"Mesmo se eu pensar isso, não vou dizer."

"Porque eu adoro essa música."

"Tá bom, pode deixar. E eu, o que será que faria se conseguisse ouvir a rádio? Acho que a primeira coisa seria mandar uma mensagem e contar que sonho toda hora que sou o pássaro olhando pra ele."

"Boa ideia… Nossa, já é de madrugada. Acabamos conversando um tempão, como sempre."

"Você precisa dormir. Já escreveu demais."

"Escrevi mesmo. Tô bem cansado."

"Obrigada por me fazer companhia. Não preciso apagar o histórico, né?"

"Não. Eu pretendo guardar essa conversa, tudo bem?"

"Quero que você guarde. Hoje você e eu criamos um mundo novo, mais uma vez."

"Queria te ver."

"Quando será que a gente vai se ver?"

"Ainda não sei bem."

"Você queria?"

"Queria, sim."

"Tchau."

"Até."

5.

Muito bem, pessoal, resolvi num impulso tocar o começo do "Réquiem" de Mozart, da parte do coro até o solo soprano. Foi gravada por um monte de orquestras e costuma ter cerca de seis minutos. O que acharam? É uma música tão triste que chega a ser sacanagem. Ouvi gente por aí fungando de vez em quando.

Como essa peça é conhecida como missa fúnebre para os mortos, imagino que tenham brotado várias conjecturas por aí — será que isso quer dizer que o programa chegou ao fim? O DJ morreu e estão orando por ele? Inclusive estou recebendo um monte de mensagens perguntando essas coisas. O programa ainda não acabou, não. Só que, realmente, eu não estou mais neste mundo. No entanto, também não estou no outro.

Bem, a sua Rádio Imaginação informa que são agora duas horas e cinquenta e dois minutos da madrugada.

Este que vos fala, como sempre, é o mestre das metáforas, o tagarela DJ Ark! Espero que você fique por aqui e acompanhe a nossa programação até o fim.

Mas, no fundo, a verdade mesmo é que não tenho mais nadinha pra falar! HAHAHA. Falo assim sem parar até o sol raiar todos os dias, e agora já estamos no sétimo dia, ou no décimo terceiro, ou quem sabe já se passaram mais de quarenta, não sei, já perdi completamente a noção do tempo. Tanto que chego a me perguntar se o tempo não está parado. Falando sério, ele não parou, não? Outro dia uma ouvinte me contou que, no budismo, esse estado entre o mundo de cá e o de lá é chamado de *chuu*. Então, vou aproveitar e dizer: *everybody, stay chuu-ned!*

... Não cola, né, fingir que estou animado. HAHAHA. Vou abrir o jogo com vocês. Minha sensação é de que todos os dias são a mesma repetição, eterna. Não, acho que não seria certo dizer que são todos iguais. Porque, no mínimo, eu tenho a convicção de que aquilo que eu falo sempre muda. Só que, no instante em que termino a transmissão, sou arrastado de volta para o mesmo ponto fixo no tempo, como uma onda que reflui e me leva junto. Será que a eternidade não é isso, na verdade? Não uma vasta estrada se estendendo infinita na amplidão, mas a repetição de um mesmo trecho infernalmente tedioso.

Que nem aquele, como é que chamava? Aquele cara da pedra, sabe? Minha memória anda péssima. O que carrega a pedra montanha acima e depois ela cai de novo, hã, não era Sifu, nem Sifão... lembrei, era Sísifo. É uma sensação horrível como a daquele mito. Sifão é de pia, né, HAHAHA.

Mas, vejam bem, por mais que eu diga que é uma repetição, não quero dizer que o conteúdo do que estou falando seja sem graça, hein. Porque, enquanto houver alguém me escutando, eu me dedico a fazer o melhor programa possível. Ai, mas que coceira! Deixa eu falar: já faz algum tempo que o meu pé esquerdo está coçando demais da conta. Bem onde a pele fica grossa, pra baixo da unha, uma coceira terrível. Não deve ser uma picada de mosquito, porque eu tenho a sensação de estar de sapato desde o começo. Também não faz sentido que seja por causa do calor do sol, tantas horas depois de ele se pôr. Só que eu também não tenho forças pra mexer os pés... mas que droga.

Eu queria saber uma coisa, pessoal. O que é a coceira, hein? Qual a utilidade dela pra humanidade? A dor, por exemplo, eu entendo. Se você dá com a cabeça no teto de uma caverna apertada e sente dor, da próxima vez você se agacha mais. Se um animal selvagem te morde e dói, você faz de tudo pra arrancar os dentes dele e acabar com o bicho. E depois fica parado, descansando, até a dor passar. Agora, e a coceira? Será que é pra gente tomar cuidado com a higiene? Mas não tem vezes que, logo quando você sai do banho, começa a coçar? E aí? Pra que serve essa coceira? Se for porque os mosquitos passam doenças ou coisa assim, nesse caso eu preferia que doesse a que coçasse. Coceira é um lance muito mole.

Porém, meus caros ouvintes, será que os senhores ficariam surpresos se eu dissesse que, por outro lado, essa coceira está me servindo de apoio emocional? Não sei por que de repente falei "senhores", HAHAHA, mas, falando sério, tenho a impressão de que essa coceira é a única prova de que eu ainda sou eu mesmo.

Antes de explicar por que a coceira é um apoio emocional pra mim, tem umas coisas que quero contar. A bateria do celular que eu aperto desesperadamente na mão esquerda já acabou faz tempo, e ele não recebe mais nenhuma ligação ou mensagem. Tudo diante dos meus olhos está completamente escuro, não sei desde quando. Não enxergo mais nada de dia nem de noite. Justamente por isso é que falo como um maníaco na rádio, assim posso ouvir minha própria voz e ter certeza de que sou o DJ Ark. Mas, pra ser sincero mesmo, isso está ficando meio confuso, porque assim que termino de contar uma história, ela já começa a parecer meio distante na minha memória, como se fosse algo que li em uma carta de alguém e não algo que eu mesmo falei. Por outro lado, às vezes, logo depois de ler a mensagem de um ouvinte, eu já começo a achar que era uma lembrança minha.

Deixa eu ver... Por exemplo, sobre o meu primeiro amor. Acho que vocês devem se lembrar, mas me apaixonei pela primeira vez na segunda série do primário, por uma menina pequena, de cabelo curto, discreta, que nunca tinha chamado minha atenção, até que um dia, no meio da aula de música, durante o coro, ela não conseguiu segurar o xixi e fez na calça, ali mesmo, em pé. Eu estava algumas fileiras atrás, e ela continuou cantando, olhando para a frente, não devia saber mais o que fazer. Acho que eu até escutei, misturado com a música, o som do xixi caindo por baixo da saia. E aí, a partir desse dia, comecei a gostar dela. Não sei se foi um sinal de algum fetiche que já dava as caras na infância ou se fiquei impressionado com a força dela, que não chorou mesmo naquela situação horrível, ou se foi a imagem trágica de alguém maltratado pelas mãos do destino que me conquistou. Era essa a história.

Só que agora não estou mais tão certo de que essa experiência realmente foi minha. Talvez seja algo que eu li numa mensagem de alguém? Prezados ouvintes, por favor, me respondam através do sistema múltiplo de reportagem ao vivo, que temos usado com grande sucesso aqui no programa. Vamos lá!

"Ah, não, das suas histórias essa foi justo a que mais me marcou."

"Achei sexy!"

"Isso aí é escatologia."

"Putaria!"

"Lembro que você contou e caiu na gargalhada."

"Isso, isso! Você deu risada e ficou tirando com a própria cara: 'Essa não, será que o xixi é a pedra fundadora das minhas preferências com mulheres?'."

"Acompanho o programa só há alguns dias, então não saberia dizer."

"Foi essa história que deu início à teoria de que você é pervertido!"

"Pervertido!"

"Aham, pervertido."

"Não, foi um amor puro!"

"Como assim, você esqueceu?"
"Toma prumo, Ark!"
"Quê? Do que vocês estão falando?"
"O DJ Ark tá ficando gagá?"

Ok, entendi. Bom, pela resposta dos ouvintes, parece que foi mesmo comigo que isso aconteceu. Realmente, acho que não estou bem.

Tá, mais um caso, então. O grosso da história eu acho que são memórias minhas, mas tem uns detalhes que estão me parecendo meio suspeitos. Posso contar?

Eu acho que isso foi a continuação de um negócio que mencionei, que no braço direito do meu pai tinha um pedaço do tamanho de um biscoito *senbei* que era bem lisinho, brilhante, não crescia nenhum pelo. Eu sempre morri de curiosidade, mas nunca tive coragem de perguntar o que era, e talvez tudo isso fosse um sinal de que algo dentro de mim me impedia de ter mais intimidade com o meu pai.

Mais tarde, quando eu já estava no ensino médio, um amigo queimou as costas da mão no aquecedor da sala de aula e ficou com uma cicatriz igual, então percebi que era uma queimadura e perguntei pro meu pai como ele tinha se queimado. Ele contou que, num dia de inverno, quando ele era bebê e estava aprendendo a andar, tropeçou e derrubou com o braço esquerdo a chaleira que estava em cima do braseiro. Caiu água fervendo em cima dele e parece que ele ficou de cama por vários dias, mas ele mesmo não tinha memória disso, só ficou sabendo pela minha avó. E, durante esse tempo, toda noite o meu avô dormia abraçado com ele, e aí me lembrei de como meu pai soou orgulhoso e feliz ao me contar isso, e de como ao ouvir eu morri de ciúmes dele. Depois comentei que, no fim das contas, todas essas recordações deixaram meu coração mais leve... Enfim, esse assunto todo.

Ouvintes, façam sua avaliação pelo sistema de reportagem, por favor.

"Ficou comprido demais, não sei avaliar."

"Hum..."

"Pelo que eu me lembro, era isso mesmo."

"Acho que a queimadura do seu pai era do tamanho de uma moeda de dez ienes, não de um *senbei*."

"Sei lá, me deu a impressão de que foi comigo que aconteceu tudo isso."

"Aí fica complicado, hein?"

"Quando o estadista Kaishu Katsu era criança, levou uma mordida de cachorro nos testículos e o seu pai, o samurai Kokichi Katsu, passou várias noites com ele nos braços. Você não está misturando com essa história?"

"Não, foi justamente depois da transmissão do Ark que um ouvinte mandou uma mensagem contando essa história aí do Katsu."

"Tem certeza de que foi a queimadura de um amigo que você viu? Não foi numa novela, uma maquiagem de queimadura?"

"É?"

"Não entendi por que é que você ficou com o coração mais leve."

"Ark, pode ficar tranquilo e confiar na sua memória. Eu me lembro bem desse episódio."

"Também me lembro."

"Eu também."

"Meu pé também está coçando."

Certo, muito obrigado. Mas que história é essa de pé coçando? A gente está em outro assunto agora! HAHAHA.

Fiquei surpreso de ver que a memória de vocês também é meio vaga. Mas faz sentido. Devem acompanhar a rádio enquanto pensam em outras coisas, né. Isso está me fazendo chegar à conclusão de que preciso de pautas mais marcantes pro programa.

Bom... e essa história aqui? Pra mim foi uma coisa bem marcante e tenho me lembrado muito dela: minha mãe está andando por uma estrada nas montanhas, comigo nas costas, quando encontramos uma estátua de Jizô, o guardião das crianças, e na frente dela vemos uma mulher vestindo um quimono branco. Olhando bem, atrás dessa mulher tem mais um homem, também de roupa branca, e depois mais outros, uma fila enorme, interminável, tem até cavalos no meio das pessoas. Minha mãe diz "coitados, vão todos morrer amanhã".

No dia seguinte, ouço um ruído, *bruuum*, e vem uma onda enorme, e eu corro desesperado montanha acima, levando a minha mãe. Mas muita gente não consegue escapar.

Eu me lembro de ter contado essa história algumas vezes, não sei onde. Mas tem uns pedaços meio estranhos. Por que minha mãe estava andando pela montanha comigo nas costas? E não faz sentido eu fugir pro alto das montanhas levando minha mãe, que já faleceu. Então, por favor, vamos ao julgamento dos ouvintes pelo sistema múltiplo de reportagem ao vivo.

"Hum, será que essa história é sua, Ark?"
"Não é..."
"Sonho a mesma coisa todas as noites."
"Eu também sonho."
"Tenho a impressão de que foi o próprio Ark que falou isso. Contando um sonho, mesmo."
"Não, ele não falou!"
"Eu sou um fã das antigas e acho que isso não apareceu no programa. Nem nas mensagens de ouvintes."
"Ark, isso parece uma história de uma coleção de contos folclóricos de Tohoku que eu ouvi quando estava na escola."
"Ah, é verdade."
"Chamava Jizô não sei das quantas."
"Isso!"
"É."
"Lembrei."
"Com certeza."
"Exatamente!"
"O professor Tsunoda leu pra gente."
"Mas por que será que o DJ Ark acha que essa história aconteceu com ele?"
"Porque ele sonhou, vai ver?"
"Será que não foi igual alguém que comentou agora há pouco, alguma coisa que ele viveu e o conto se misturaram na lembrança dele?"

"Ark... será que você não está próximo de... virar uma... divindade? Então está, digamos, se desfazendo das... suas lembranças individuais?"
Ah! Sr. Kiichi? Foi o sr. Kiichi quem falou agora?
"Kiichi?"
"Aquele sr. Kiichi?"
"Eu conheço essa voz. É ele."
É o senhor, não é?
"É... Me alegra que tenha percebido."
Então o senhor ainda não foi para o lado de lá?
"A minha senhora já foi na frente, mas eu... quis te ouvir falar um pouco mais."
Ah, puxa, desculpe...
"Você está trazendo alegria... a todos nós. Não necessariamente por isso, mas... eu acho que você... está se tornando uma divindade guardiã desta região, um *ujigami*. Não será por isso que, pouco a pouco, está ficando difícil distinguir as suas experiências individuais... das experiências das outras pessoas?"
Não, não, imagina, um *ujigami*? HAHAHA.
"Bom, pode ser só bobagem ou... esperança minha, HAHAHA. Nós, velhos, temos que cuidar... para não falar demais e... atrapalhar as pessoas. Adeus, DJ... Ark. Quer dizer, acho que vou continuar... ouvindo mais um pouquinho."
Muito obrigado, sr. Kiichi. Bom, pessoal, surgiu aqui uma nova teoria: DJ Ark virando *ujigami*! Vixe, acho que realmente não é pra tanto. O sr. Kiichi é tão bondoso que

quis ver com bons olhos o avanço da minha senilidade e bolou essa teoria maluca. Bom, se for assim vão fazer um santuário aqui no pé deste cedro e botar um nome tipo *Hakobune-no-mikoto*, "Deus da Arca"! HAHAHA.

Bem, então, o fato é que pouco a pouco estou deixando de ter certeza sobre as minhas experiências. Para usar a expressão do sr. Kiichi, estou me desfazendo das minhas lembranças individuais. É triste, sabe? Ir deixando de ser você mesmo. Quer dizer, a sensação que tenho é de que as minhas fronteiras estão arrebentando, que nem quando você faz minissalsichas na frigideira, a pele vai estourando, aparecem cada vez mais pedaços descobertos e vai saindo o caldinho da carne. Ou seja, tenho a impressão de que estou vazando pro mundo exterior. E aí, me jogam assim com a pele estourada numa panela, me cozinham com o molho de tomate das memórias das outras pessoas, e aos poucos esse molho vai sendo absorvido pra dentro da minha pessoa.

Eita, o que é que está acontecendo comigo? Com o *Hakobune-no-mikoto*? Será que todos os locutores de rádio ficam assim quando passam tempo demais lendo cartas de outras pessoas e ouvindo suas histórias pelo telefone? Ou essa experiência é comum para todos que estão passando o tempo depois de mortos?

Seja como for, estando nessa situação incerta, é encorajador sentir coceira em um lugar que eu acredito ser parte do meu corpo. Isso me faz acreditar que ainda devo ter um contorno. E, nossa, está coçando mesmo. Eu queria tanto coçar, mas tanto, que estou ficando louco, dá vontade de arrancar os cabelos. Só que também não consigo arrancar os cabelos. É o círculo vicioso da coceira. O famoso "a desgraça nunca vem só", versão coceira. Cá estou eu, preso no carrossel da coceira. Mas, pela primeira vez na história da humanidade, a cretina está servindo como prova existencial de um ser humano. HAHAHA.

Além disso, também está ficando difícil saber se já contei as coisas aqui ou não. Quase o tempo todo estou pensando "ih, já não falei isso antes?". Realmente, tiro o chapéu pros locutores que mantêm durante anos programas de rádio desse tipo, com conversas livres. Acho que alguns devem organizar os temas num caderno ou coisa assim, mas de qualquer maneira aposto que sabem de cabeça tudo o que já falaram, assim como os melhores arremessadores profissionais se lembram de todos os batedores contra quem jogaram, o tipo de lançamento e a curva de cada bola. Ou aqueles fãs dos jogos de go ou shogi que são capazes de retraçar mentalmente todos os movimentos de cada peça.

E eu, por outro lado, como estou? Como é que está o DJ Ark, prodígio do rádio que certa noite surgiu no céu da locução como um cometa e começou esse programa de várias horas, que resiste dia após dia? Esse tagarela mestre das metáforas, porta-voz de todos os mortos? A realidade é que, quanto mais eu falo, mais esqueço. Agora mesmo, inclusive, estou pensando que já falei tudo isso antes. HAHAHA. Ai, que coceira.

Bem, acho que está na hora de uma música. Curtam comigo esse som maravilhoso, com um vocal sensacional. De 1977, vamos ouvir Shigeru Matsuzaki com "Ai no memory", memória de amor. Uma versão com bastante eco. Imaginem sem pressa, até o último fade-out. É com vocês.

Muito bem, pessoal. Ouvimos agora uma balada que brilha radiante na história da música pop da era Showa, com uma voz e uma letra de estremecer o peito. O último verso é de cortar o coração da gente, não é?
Pois então, vocês podem estar pensando que vou encerrar essa conversa sobre memória assim com classe, tocando "Ai no memory". Nada disso! Esse assunto ainda tem chão, e tenho uma coisa pra contar pra vocês que com certeza ainda não disse. Ou seja, um dos poucos exemplos que, junto com minha coceira no pé, me garantem que sou eu mesmo. Lembram aquele pássaro branco e preto, a lavadeira, que está sempre ao meu lado me olhando, sem expressão? A verdade é que, já faz um tempo, acho que ouvi essa lavadeira piar, *piu, pi-piu*! Não foi durante a transmissão, então vocês não devem ter escutado, claro, mas desde então tenho a impressão de que ela está espiando bem fundo dentro dos meus olhos e querendo me dizer alguma coisa. Mas não consegui mencionar isso pra vocês aqui no programa.
Por que não? É que, no instante em que ouvi esse pássaro trinar, um sentimento diferente e impossível de ignorar se aninhou no fundo do meu peito. No começo foi como se um camundongo roesse o miolo do meu co-

ração; depois foi como um tofu seco, *shimidofu*, absorvendo água fria até ficar inchado e pingar gotas geladas, e a essa altura compreendi profundamente por que se fala "tristeza de rasgar o peito". Quando entendi a situação em que estou, é claro que chorei muito, senti raiva, sofri. Então por que será que, ao ouvir esse canto do pássaro, fui invadido por uma tristeza tão vazia, transparente, como se meu peito estivesse rachando, prestes a se despedaçar? Por mais que eu reflita, não consigo entender. E, nesse caso, como radialista sério e dedicado ao entretenimento, não posso simplesmente jogar em cima dos meus caros ouvintes esse sentimento, que não poderia ser chamado de positivo e que nem eu mesmo compreendo. Minha ética profissional não me permite. Se bem que até agora falei tudo o que me passou pela cabeça, né? HAHAHA.

A única coisa que sinto claramente é a suspeita de que esse pássaro compartilha exatamente a mesma emoção que eu. Digo isso porque o seu único trinado, *piu, pi-piu!*, foi um canto transparente, vazio, doloroso. Sinto que essa única voz trouxe todos os significados, vibrou profundamente com o meu mundo, e agora nós estamos imóveis dentro de seu longo eco. Aliás, aquela peça do Mozart que coloquei hoje no começo do programa foi uma tentativa de transmitir essa imagem.

Pensando dessa forma, talvez eu esteja enganado ao dizer que as ondas dessa rádio são feitas de imaginação, como venho fazendo. Talvez, na verdade, as ondas sejam tristeza, o microfone seja tristeza, até mesmo a mi-

nha voz, que todos ouvem agora, seja a tristeza. Ou seja, a tristeza é nossa mídia. Se os vivos têm a televisão, o rádio, os jornais, a internet, nós temos a tristeza — é o que eu venho pensando. Por isso as pessoas que morreram, mas que não têm espaço para ficar tristes nesse momento, infelizmente não podem ouvir minha voz. Por outro lado, é possível que esse programa alcance também pessoas vivas, mas que estão tristes.
Quero crer que ele alcança.

RÁÁÁÁDIO IMAAAAGINAÇÃO!

Bem, então, nessa desordem em que se misturam memórias e sentimentos, todos os dias, quando acaba a transmissão do programa e chega a manhã, eu entro em um estado próximo do sono, depois acordo de tarde e fico pasmando. Nos velhos tempos, eu tomaria um café preto logo ao acordar. Ia moer os grãos de torra bem escura e passar na cafeteira, usando a água dura que eu comprava especialmente para isso. Por que é que eu usava a água dura? Porque só gosto de café bem amargo. É estranho, mas, quando faço com água normal, não tem aquela pegada, sabe? Tanto que, por mais corrida que estivesse a minha vida, eu sempre fazia questão de passar o meu próprio café.
    E os grãos também. Quando morava em Tóquio, eu pegava um trem na linha Chuo até certa estação, depois caminhava mais quinze minutos pra chegar numa lojinha

de aficionados de café numa viela estreita, onde comprava um bom tanto do grão que o dono me recomendasse como sendo a melhor torra do momento e guardava tudo no congelador. Minha mulher vivia brigando comigo: "Você fala que queria ter gratinado de camarão congelado em casa, mas desse jeito não entra mais nada no freezer! Por que você não compra do *french roast* do Starbucks aqui do lado? É ótimo, e eu não vejo nada de diferente nesse que você faz". Mas o sabor era um pouco diferente, de verdade. Talvez por ter aberto mão de tantas coisas ao longo da vida, pelo menos com o café eu queria poder ter minhas manias. Quer dizer... queria fingir que tinha.

Então, quando a gente decidiu se mudar pra cá, a primeira coisa que me veio à mente foi o café. Onde eu ia comprar os grãos? No fim, descobri na internet que, aqui na região, se eu atravessasse algumas montanhas de carro, tinha um café de um barista famoso pela torra. Eu estava considerando que a partir de agora ia contar com os grãos de lá, mas no fim não tive a chance de ir conhecer. E o monte de grãos cheirosos, de um marrom brilhante, que eu trouxe comigo e congelei assim que colocamos a geladeira para funcionar, agora devem ter desaparecido, espalhados para todos os lados, sem ter deixado vestígio.

Enfim, resulta que agora não tenho café pra tomar quando acordo. Bom, nem comida. Então fico cabeceando, prostrado, num estado quase de sonho, por um tempo longuíssimo, até a noite cair de novo. Vocês podem me perguntar por que não continuo fazendo a transmissão durante o dia, se é assim. É uma boa pergunta. Na verdade, no começo meu plano era continuar direto, sem parar. Esqueçam a televisão vinte e quatro horas, esqueçam aqueles programas que duravam vinte e sete horas: chegou a rádio de duas mil e quatrocentas horas! HAHAHA.

Só que aí, no primeiro dia, depois de falar até a alvorada, percebi que precisava do silêncio. Os ouvintes também, claro. Na verdade, pra mim esse silêncio dizia muito. Eu pensava sobre todas as coisas. É por isso que, do segundo dia em diante, defini que o horário da Rádio Imaginação seria entre o meio da madrugada e o nascer do sol. Pois nós também precisamos de tempo para ficar atônitos, sem palavras.

No entanto, os dias são terrivelmente longos pra mim. Até agora, muitos ouvintes chegaram e partiram. Pra essas pessoas, creio que o horário atual do programa seja ideal. O problema são os ouvintes de longa data, como alguns dos que participaram agora há pouco. Aqueles cujas almas ficaram aqui neste mundo ou que, como o sr. Kiichi, estão dispostos a acompanhar o programa até o final. Será que pra eles esse período entre a manhã e a noite não é difícil de suportar? Sem a rádio pra espairecer durante o dia, é preciso passar as horas remoendo, se enfurecendo, recordando, lastimando.

Pra mim, é assim. Passo todo o tempo pensando no meu filho, na minha esposa. Não adianta tentar não lembrar. Essas horas que passam ardendo devagar são um sofrimento sem fim. Pra fugir desses meus apegos, me entretenho continuando a escrever mentalmente o romance que comecei naquele quadro que não durou muito, "Quem é que não consegue ouvir a Rádio Imaginação?". Se eu não me afastar de mim mesmo, pelo menos um pouco, não aguento.

Por isso, imagino desconhecidos, esqueço e invento de novo, invento e esqueço, e aos poucos o contexto vai ganhando forma. Por exemplo, com que tipo de pessoa será que uma mulher que não consegue escutar a nossa rádio se relaciona? Se eles conseguissem ouvir a nossa voz, será que contariam pra outras pessoas? Será que têm essa capacidade? Eu queria que os personagens contassem pra bem mais gente, e que assim a voz da gente permanecesse no mundo dos vivos. Enfim, são essas as coisas que fico pensando, enquanto passo dias e noites no alto deste cedro, imóvel, de barriga pra cima, criando minha literatura de segunda, com a lavadeira me olhando. Prestando atenção no som tranquilo das ondas que chega de longe.

Bem, agora vamos dar uma olhada nas mensagens.

Pseudônimo imaginário: Taramasalata. É uma mensagem um pouco longa, de uma moça jovem. Li antes da transmissão e pude imaginar cada cena do dia dessa ouvinte, no estilo daqueles filmes de família de oito milímetros. Gostaria de sugerir que apreciem esta carta imaginando um filme assim.

Como trilha sonora, eu pessoalmente prefiro algo mais leve, então colocaria "Três movimentos de Petrushka", do Stravinsky, na interpretação do brilhante pianista italiano Maurizio Pollini. Mas, pensando na sequência desde o começo do programa, também pode ser uma boa ideia escutar de novo o pesado "Réquiem" de Mozart, desta vez até um pouco mais adiante. Acompanhem com a trilha instrumental de sua preferência.

"Já estão escutando? Eu já coloquei aqui. Outra opção é fazer um fade-in durante o filme. Muito bem, farei meu melhor para ler com clareza e elegância.

"Boa noite, Ark. Tenho vinte e um anos e trabalho na parte administrativa de uma fábrica de peixe enlatado.

"Vou te descrever o dia mais banal e tedioso, mas ainda assim encantador, que eu consigo imaginar. Se for muito sem graça, desculpa. É que já faz muitos dias que não tenho absolutamente nada pra fazer.

"Uma manhã de inverno. Sete e meia. Eu devo estar deitada na cama, no meu quarto, na casa dos meus pais. É um cômodo de uns dez metros quadrados no andar de cima. O aquecedor elétrico ligou dez minutos antes, com o timer, e o quarto está quentinho. Durante a noite ainda faz um frio terrível, então durmo com um quimono acolchoado por cima do pijama, e penso que, se arranjar um namorado, nunca posso deixar ele me ver assim. O despertador da Hello Kitty, que tenho desde o ensino médio e queria que quebrasse de uma vez mas não quebra nunca, começa a tocar.

"Acho que devo ser uma mulher sem graça, porque sempre acordo bem-disposta. Seria mais charmoso se eu ficasse enrolando, se perdesse completamente a hora... Mas sei que vou me levantar de uma vez, apertar com vontade o botão na cabeça da Hello Kitty e me espreguiçar. Sentir o cheiro de arroz vindo do andar de baixo.

"Quando eu abrir a cortina, acho que o dia vai estar ensolarado. Se eu conseguir sentir o ar gelado que paira próximo ao vidro da janela, melhor ainda. Coçando a cabeça, abro a porta do quarto e desço as escadas. Minha mãe diz bom-dia antes de mim. Eu respondo. O meu pai, que agora é motorista de táxi, acabou de voltar do turno da noite e deve estar dormindo no quarto dos fundos. Tomara que minha avó tenha tomado café bem cedo e esteja sentada no corredor perto da varanda, onde bate sol, cabeceando com um gato no colo. Eu como o arroz branco fumegante e petisco as outras comidas sobre a mesa. Está muito gostoso, então tomo cuidado para não passar da conta. Se eu vacilar, logo engordo mais de um quilo.

"Assisto à televisão por um tempo, distraída, e, enquanto isso, minha mãe come. Não sei desde quando passamos a comer cada um em uma hora. Acho que criamos esse hábito na época em que comecei a acordar cedo pra estudar para o exame do ensino médio e, ao mesmo tempo, a empresa do meu pai faliu e ele só dormia, de desgosto.

"Volto para o quarto, visto mil camadas de roupa, subo na bicicleta e, com o rosto escondido pelo cachecol azul-marinho do qual minha amiga Kiyomi zomba dizendo que é sem graça demais, pedalo ao longo do arrozal, viro à direita, atravesso uma pequena área residencial e chego na estação. Talvez eu inspire bem o ar e pense que o cheiro de maresia está mais forte. Só depois de adulta é que comecei a apreciar as pequenas mudanças das estações.

"O trem de três vagões chega, com os assentos todos ocupados. Tem algumas pessoas em pé também. Não chega a ser nenhum empurra-empurra, mas isso é a hora do rush aqui na roça. Depois de duas estações, o assento à minha frente vai ficar livre e devo me sentar nele. Com certeza a sensação de que o banco está morno por causa da bunda do sujeito que saiu vai me dar agonia. Toda vez eu sinto isso. Só que, na verdade, é só o aquecedor de assento típico dos trens da região norte.

"Pelas janelas do trem aparecem a orla marítima, as plantações de arroz, os pequenos bosques que cercam os santuários, mas eu não dou a mínima pra nada disso, estou jogando um joguinho de atirar no celular. Fico tão irritada por não conseguir bater meu próprio recorde, que fiz sabe lá quando, que chego a estalar a língua no meio do trem. Talvez o adolescente sentado ao meu lado leve um susto.

"Cinco estações depois, atravesso as catracas sem funcionário e ando alguns minutos por um lugar meio descampado até chegar à fábrica de enlatados onde trabalho, com seu portão de barras de ferro pintado de bege, como o de uma escola. Cruzo o terreno em direção ao prédio de dois andares da administração, ao lado direito, cumprimentando meus colegas e superiores, revigorada pelos bons-dias energéticos dos operários da fábrica. Um cheiro ácido de peixe cobre tudo. No começo me incomodava, mas agora eu adoro.

"Depois de bater meu cartão comprido em uma máquina de ponto que parece uma relíquia da era Showa, entro no vestiário, abafado por causa do aquecedor, visto o uniforme azul-marinho com gola azul-clara, que fica mais bonitinho do que eu esperava, e vou para o escritório. Meu chefe, que trabalha na mesa do fundo à esquerda, com certeza chegou antes de mim. Hanazawa, Ibashi e Gondo também. Murmurando bom-dia para todos, sento à minha mesa e abro o computador, onde vai surgir a foto de sempre, da Terra azul. A Kiyomi diz que isso é cafona também. Quando perguntei o que eu devia pôr de fundo de tela, então, ela falou o nome de um artista coreano que não entendi muito bem.

"Nove horas da manhã. Todos os funcionários já chegaram, o chefe dá as orientações do dia. Fazemos a ginástica matinal e cada um vai se sentar à sua mesa e começar o trabalho. Minhas funções são digitalizar os recibos de pedidos, registrar o que cada um disse nas reuniões com as associações de pescadores, pesquisar on-line os postos de gasolina mais baratos, fazer gráficos com os despachos de cada semana, atender as ligações com reclamações de clientes, coisas assim. É bastante coisa, todas tarefas simples e tediosas. Com certeza vou abrir discretamente uma janela do joguinho de atirar e jogar, tomando cuidado para não fazer barulho. Agora a competição pelo recorde é com outras pessoas, na internet. Teve uma vez que fiquei no top cem, então agora eu levo a sério. Mas olha o nível da empresa, se posso jogar desse jeito e ninguém nem percebe.

"Passa a hora do almoço. No lanche das três, se der, eu queria comer o docinho *daifuku* pequeno, com grãos de feijão azuki, que a Kobayashi do setor de vendas traz às vezes de uma loja perto da casa dela. Depois disso, fico só esperando dar seis horas. Mas nunca deixo de cumprir a meta do dia. Na verdade, faço até um pouco mais do que a meta. Sempre fui assim, desde pequena. Meu primeiro namorado falava que essa minha mania de me esforçar demais em todas as coisas fazia com que ele se sentisse pressionado. Ele era bem relaxado, de um jeito atraente. Mas eu não tenho nenhuma intenção de mudar algo que é meu ponto forte. Depois que a gente terminou, ele foi trabalhar em uma importadora de produtos alimentícios em Gunma.

"Quando o sino da fábrica anuncia o fim do expediente, nosso turno também termina. Dou tchau pra todo mundo, sorrindo, visto novamente as minhas muitas camadas de roupa, espero Kiyomi sair da fábrica e nós vamos andando juntas, pelo caminho que já está completamente escuro. Na máquina de bebidas em frente à estação, eu compro uma garrafa de chá com leite quentinho, Kiyomi compra um café em lata, e provavelmente vamos beber em frente àquele negócio que deve ser um quadro de distribuição elétrica dos trilhos, um pouco afastado da rua, papeando sobre qualquer coisa. O nosso combinado é deixar passar um trem.

"Pegamos o trem seguinte. Eu vou percorrer cinco estações e a Kiyomi vai continuar por mais duas. Já não dá mais pra ver a paisagem pela janela, porque o interior do trem é muito claro. Quer dizer, porque o lado de fora é muito escuro. Aí vou me despedir da Kiyomi, 'até amanhã', e voltar de bicicleta pelo mesmo caminho da ida. Às vezes acontece de eu encontrar o tio da loja Sawahara sob a luz de algum poste, e aí ele me dá um pouco do *kamaboko* que fizeram no dia. Todo dia ele leva pra casa alguns dos que vão passar da validade, e sei que vai dizer, num dialeto tão carregado que até eu que sou da região acho difícil de entender, que posso comer tranquila porque não está estragado.

"Jantar em casa. Com meu pai e minha avó também. Minha mãe e eu trazemos os pratos e comidas da cozinha. Pita, o gato, deve estar embaixo da mesa, alegre por ter ganhado um prato de ração coberto com a alga que ele gosta. Depois de comer, vemos algum programa de variedades que pareça bom naquele dia, todos tomam banho obedecendo a uma ordem implícita, eu converso um pouco com a minha mãe e depois subo para o meu quarto. Talvez escute um cachorro latindo ao longe. Se eu abrir a janela, a lua vai ter aparecido, cobrindo com uma leve luz prateada o mundo lá fora, que estava escuro até pouco antes.

"Sentada diante da mesma escrivaninha que uso desde o começo da adolescência, vou escrever no meu diário, acrescentando umas mentirinhas porque sei que às vezes minha mãe lê escondida. Depois vou abrir o computador e jogar só um pouquinho do jogo de atirar, deitar na cama e ler algum suspense enquanto sinto o sono chegar. Então, quando estiver satisfeita, vou apagar a luz do quarto com o controle remoto.

"Ark, é um dia realmente banal. Mas eu tenho passado todas as horas revendo esse dia na minha mente, de novo e de novo e de novo, esse dia insubstituível. Você não é o único que está preso em uma repetição.
"Não desanima, DJ Ark!
"Até a próxima."
Obrigado, Taramasalata. Não é nem um pouco banal. Pra mim, esse cotidiano é outro mundo. Eu acho. Ah, digo "acho" porque tem aquela coisa de as minhas memórias estarem ficando meio confusas, então estou começando a achar que também tenho uma amiga chamada Kiyomi. Mas, seja como for, suas palavras e seu encorajamento tocaram bem fundo no meu peito. Uma menina tão nova e tão bacana! Não desanima você também, Taramasalata.

Na sequência temos outra correspondência, assinada com o pseudônimo imaginário Orelha-de-pau.

"Ark, acompanho sempre o seu programa. Ou melhor, acho que deveria dizer que acompanhava."

Muito obrigado. E agora imagino que os ouvintes devem estar curiosos pra saber o motivo de o texto usar o passado, "acompanhava".

"Graças à edição especial para localizar pessoas desaparecidas que você fez certo dia, pude encontrar minha mãe. Mas o curioso é que não foi por ter ouvido informações no programa que batiam com a descrição dela, foi uma música japonesa que você tocou. Não peguei o título, mas era uma música que minha mãe colocava sempre pra tocar na loja da nossa família, uma papelaria grandinha. Era uma das favoritas dela.

"Num pedaço, a letra dizia 'do alto da colina com vista para os pinheiros da orla', e esse era o único trecho que o cantor cantava em falsete. Quando tocou, lembrei que minha mãe sempre comentava que essa era a melhor parte, e aí, imediatamente, me dei conta de que perto de casa tinha justamente uma 'colina com vista para os pinheiros da orla' e corri sem parar até lá.

"E então, Ark, era justo lá que minha mãe estava, no alto dessa colina. Ela disse que, quando chorava a perda não só de sua casa mas de toda a cidade, sem ter mais pra onde voltar, foi cantarolando essa música e acabou chegando lá. Ali a água já havia baixado e, exausta, ela se deixou cair de bruços. Se essa música não tivesse tocado no programa, eu não teria encontrado minha mãe e não conseguiria partir com tranquilidade.

"Amanhã cedo vou para um novo lugar, junto com ela. Creio que lá não vou conseguir ouvir o programa, então quis mandar uma mensagem de agradecimento antes. Minha gratidão profunda."

Puxa, que alegria ouvir isso. E façam boa viagem! Que coincidência, hein, pessoal? A Rádio Imaginação é realmente uma maravilha.

Aliás, nessa edição especial de reencontros eu só toquei uma música. Pretendia tocar mais, mas não consegui, porque não paravam de chegar novas informações. Então eu lembro muito bem qual foi. Quando uma coisa me deixa meio exasperado, ela fica gravada vivamente no meu cérebro.

O que eu pus foi: "a música que está tocando agora num canto da sua mente". Ou seja, a seleção não foi minha. Foi você quem escolheu a música e você quem conseguiu reencontrar sua mãe. Por isso, também não faço ideia do título da canção. HAHAHA. Se algum ouvinte souber de uma música linda em que o cantor faz um falsete na parte que diz "do alto da colina com vista para os pinheiros da orla", conta pra gente, por favor! Eu adoraria tocar pra vocês.

RÁÁÁÁDIO IMAAAAGINAÇÃO!

Falando nisso, no fim da tarde de ontem, ou de anteontem, meu pai apareceu de novo aqui no pé da árvore. Comecei a ouvir um barulho ritmado de lama espirrando, *splash-splash*, vindo lá de longe. Logo percebi que era meu pai, com sua perna ruim. Demorou muito pra ele conseguir chegar perto. Mas não escutei nenhum sinal de que meu irmão estivesse com ele. Inclusive, se meu pai estava demorando tanto assim era justamente por não ter nenhum acompanhante... O que poderia ter acontecido? Foram uns quinze minutos até ele chegar, e eu passei esse tempo todo agoniado, como se estivessem pressionando um bloco de gelo contra meu coração.

Quando meu pai finalmente chegou ao pé do cedro, ofegou durante um bom tempo. Fiquei sem jeito, me perguntando quando devia falar alguma coisa, e no fim só contive a respiração, fingindo que nem estava ali. Não sei quanto tempo depois, ele chamou meu nome. Aí eu finalmente falei oi.

    Meu pai explicou que meu irmão já tinha ido embora, dizendo que ia esperar por ele do lado de lá. Então por que é que você ainda tá aqui, pai?, perguntei. Eu sabia que os ritos funerais coletivos já tinham sido feitos, que meu pai e meu irmão receberam as mesmas despedidas. Meu irmão veio sozinho num outro dia e me contou isso. Por que só meu pai continuava aqui?

    Porque estou preocupado com você, ele respondeu. Seu corpo continua aí. Nem um guindaste alcança aí no alto. E ele continuou, dizendo que, na verdade, soube que muita radiação recaiu sobre esta região, então podia ser que ninguém pisasse aqui por décadas, se bem que isso era só um boato, não dava pra saber a veracidade e podia ser que nem estivessem falando daqui mesmo. No fim um som agudo escapou da garganta dele, talvez ele estivesse sem ar. Depois de respirar fundo algumas vezes, continuou: mas eu, como seu pai, não posso te largar aqui e ir embora. Acho que ele estava olhando pro chão quando disse isso. Deu pra perceber, porque a voz ficou abafada.

    O boato da radiação me abalou, mas, pra falar a verdade, o fato de que meu pai pensava tanto em mim também me deixou muito surpreso. De qualquer maneira, respondi que eu também tinha uma preocupação pesando no peito e que, quando resolvesse isso, com certeza iria aparecer por lá pra ver ele e meu irmão. E que, depois disso, queria viver ali no meio das montanhas, como um espírito invisível, indo e vindo entre o mundo deles e o mundo de cá. Ao falar tudo isso percebi que era a primeira vez que eu dava minha opinião a meu pai com convicção e sentia que ele estava me ouvindo.

De fato, ele respondeu simplesmente: entendi. Depois acrescentou, bem, então vou indo na frente, e você não se demore também, quando chegar lá a gente conversa e bebe uma. Depois foi embora, caminhando bem devagar. Cada passo fazia um barulho viscoso, provavelmente por causa das galochas afundando na lama e desgrudando de novo. Acompanhei com carinho esse som que se afastava, cada vez mais baixo, até sumir.

Bem, e então, essa preocupação que me resta é com minha esposa e meu filho, é claro. Misato e Sosuke, só eles. Já me convenci de que eles devem estar a salvo, mas, quando penso como será que ficaram com a minha perda, é como se eu estivesse sendo tostado em uma grelha, me dá um nervoso agoniante, meu peito se enche de uma culpa profunda pela minha impotência.

O Sosuke é um moleque muito bacana, sabe. Teve uma vez, acho que ele devia ter uns nove anos, era fim de semana e o tempo estava bom, então saí com ele pra jogar bola em um parque perto de casa onde tinha um escorregador vermelho em forma de polvo. Enquanto a gente andava, ele fazia questão de ficar do meu lado esquerdo. Não falei nada, só pensei, ih, está naquela idade em que eles encasquetam com umas coisas, arranjam umas manias, como se fosse simpatia.

Só que um pouco adiante viramos numa esquina e aí ele passou a andar do meu lado direito. Eu levantei ele e botei do lado esquerdo, só pra amolar, e ele me contornou rapidinho e voltou pro lado direito. Resolvi perguntar o motivo:

"Por que você faz questão de ficar de um lado ou do outro? Qual é a regra?"

Ele levantou o rosto pra mim e respondeu bem sério:

"É que eu quero andar do lado dos carros, porque se você for atropelado e morrer vai ser muito chato."

Respondi sem piscar:

"Mas se você for atropelado e morrer também vai ser chato, ué."

"Pra mim não vai ter problema, porque já vou estar morto. Mas, se você morrer, eu continuo vivo, e aí vai ser muito ruim."

E enquanto falava isso o Sosuke começou a chorar! Mas é um bocó... Se bem que é aquilo: filho de peixe, peixinho é. Porque eu também quase chorei agora, enquanto contava isso, HAHAHA.

Espera, isso não é uma história de outra pessoa, né? Contei com a maior certeza de que era minha. Até chorei! Só falta ser de outra pessoa e eu ter chorado à toa... Então, caros ouvintes, qual o veredicto? Não pode ser, né? Me respondam com o sistema de reportagem múltipla. Conto com vocês.

"Fica tranquilo, certeza que é sua a história."

"Sosuke é um menino valente!"

"As crianças são assim mesmo! Sei como é."
"Sosuke!"
"Sosuke!"
"Mas também tem um ar de ser história de outra pessoa... Tipo um trecho de um romance meio medíocre."
"Qualquer um que tenha filhos tem histórias assim pra contar, mas não quer dizer que seja a mesma. Cada família tem suas próprias recordações."
"Pensando bem, 'pra mim não vai ter problema, porque já vou estar morto' é uma frase incrível."
"Sendo que, na verdade, a gente tá aqui cheio de problema."
"É mesmo."
"Realmente."
"Sosuke!"
"O Ark está só inventando desculpas pra se gabar do filho! Tô de olho."
"HAHAHAHA."
"É verdade!"
"Com certeza!"
"Não tem mais histórias do Sosuke, Ark?"

Bom, não posso negar que estou me gabando do meu filho. HAHAHA. Seja como for, fiquei feliz — parece que não chorei à toa, e de brinde a história ainda aumentou a popularidade do meu filho. Por um instante até me esqueci da coceira no pé, HAHAHA.

Vou aproveitar o embalo e contar outra coisa que me ocorreu agora. Teve uma época, quando o Sosuke tinha uns treze anos, em que ele começou com uma mania de girar o corpo sobre os calcanhares. Não entendi o propósito daquilo, mas deixei quieto.

Acho que isso foi antes de eu descobrir os hematomas no braço dele. Eram férias de verão e meu pai pediu pra eu trazer o neto pra visitar, então nós viemos passar uma semana aqui nesta cidade, minha esposa, o Sosuke e eu.

Na primeira noite fomos recebidos com um banquete, com um monte de peixes diferentes, e depois de comer ficamos bebendo e conversando na sala de tatame, ao redor da mesinha baixa — meu pai, meu irmão, eu e minha esposa. Sosuke ficou em pé ao lado da mesa, só ouvindo a gente falar, sem participar da conversa. E deu essa girada nos calcanhares umas duas vezes. Aí meu irmão sorriu pra ele e disse:

"Ô Sosuke, você é um herói, hein!"

Eu não entendi do que ele estava falando, mas o Sosuke ficou todo corado, o rosto dele se acendeu como se estivesse iluminado por um refletor.

"Você entendeu, tio?", perguntou ele, baixinho.

"Opa, entendi. No meu caso, eu levantava a mão direita e sacudia bem forte três vezes."

Mandei os dois explicarem que história era aquela, e talvez o Sosuke tenha achado que ia levar uma bronca, porque pegou um milho cozido da bandeja na mesa e se sentou de costas pra gente. Quem explicou foi meu irmão.

"Quando o Sosuke ouve um negócio ruim ele roda o corpo assim, pra não deixar o mundo ir pro lado errado. Dá pra dizer que ele tá mudando o futuro. E não liga se isso for dar azar pra ele mesmo. Ele tá botando a própria vida na reta! É um herói, esse guri. Né, Sosuke?"

Meu filho não reagiu, então o Kyoichi continuou: "No meu caso, eu sempre balançava a mão direita três vezes. Isso quando escutava dizer que estava tendo uma guerra em algum canto, ou que ia vir um tufão, que as placas tectônicas estavam soltas e ia ter um desastre. Ou se os negócios da família iam mal, ou quando eu ouvia que um parente não ia bem de saúde, sabe assim, essas coisas... Aí eu sacudia a mão pra mudar o futuro. E não fazia caso se me achassem adoidado, não. Eu mais o Sosuke somos heróis, estamos aqui pra proteger o mundo."

No dia seguinte, meu irmão me contou que naquela noite ele e o Sosuke tiveram uma "conversa de heróis" no quintal. Que o Sosuke falou que sua maior preocupação era proteger toda a família. Meu irmão deu um tapinha no ombro dele e disse pra ele continuar firme.

Acho que, se bobear, isso começa a parecer transtorno obsessivo-compulsivo, mas quando eu era novo também fazia dessas — quando ia apagar a lâmpada sempre tinha que puxar a cordinha do interruptor três vezes, não ficava tranquilo se não virasse a maçaneta cinco vezes pra cada lado pra checar que tinha trancado... Acho que tá tudo na mesma linha, né?

Hum, foi meio nada a ver essa história?

"Olha... não sei."

"Difícil dizer."

"Esse negócio de gestos de herói me lembra as coreografias que eles fazem naqueles programas de TV cheios de efeitos especiais."

"Achei esse caso aí esquisito."

"Ah, eu entendo. Eu balançava a cabeça para os lados, cinco vezes. Fazia isso numa época em que o mundo era muito assustador e eu estava sempre aflito. Quando foi que eu parei…?"

"Seja como for, deu pra ver que o Sosuke é um menino muito dedicado à família."

"Isso é verdade."

"Quer dizer, acho que ele tinha era medo de ficar sozinho no mundo."

"Nervoso e medroso."

"Também dá pra chamar de sensível."

"Mas, sabe, essa história mudou a imagem que eu tinha do irmão do Ark."

"Aham! É um sujeito ingênuo."

"Eu achei ingênuo no mau sentido."

"É, e com essa tal 'conversa de heróis' ele pode ter reforçado as manias do Sosuke…"

"Hum, mas será que não foi bom para o menino sentir que alguém compreendia ele?"

"E se na verdade o tio for pai dele?"

"Piada de mau gosto, mas até que faz sentido."

"Vai ver essa sensibilidade parecida que eles têm é genética."

"Poxa, agora fiquei curioso sobre o futuro de Sosuke Akutagawa."

Bom, eu poderia deixar vocês debatendo a questão por mais uma hora. Acho que foi legal ter contado essa história. Tanto pelo Sosuke quanto pelo meu irmão. De fato, o Sosuke é um cara sensível. Pensando bem, talvez seja um pouco parecido com meu irmão. Os dois são muito dedicados aos pais... Com certeza agora o Sosuke voltou correndo dos Estados Unidos pra cá. Afinal, ainda devem me considerar desaparecido.

Eu queria ouvir a voz dele.

E a da minha esposa.

Enquanto eu cochilo meu sono leve, e, depois, quando acordo e fico escrevendo histórias na minha mente pra passar o tempo, na verdade é isso que estou pedindo, o tempo todo.

Como será que eles estão sentindo a minha perda? Que tipo de coisa gostariam que eu tivesse feito? Mesmo que agora não adiante mais, eu queria muito saber. Saber de tudo isso e compartilhar a frustração deles. Ranger os dentes. Quando conversarem sobre as memórias que têm de mim, o que minha esposa vai contar pro meu filho, o que meu filho vai falar pra ela? Se estiverem com raiva de mim por ter terminado assim, quero escutar esse ódio como quem sente uma chama violenta. Se ainda estiverem desorientados, quero rezar para que o coração dos dois fique tranquilo como um lago num dia sem vento. Se quiserem que eu continue ao lado deles, eu fico pra sempre, se quiserem se despedir e me enviar pro paraíso, eu sigo viagem pra longe. Tudo depende das palavras de Misato e Sosuke.

É essa a preocupação que ainda me pesa no peito. Só isso.

E eu não consigo ouvir.

Não sei se é falta de tristeza ou de imaginação...

Este que vos fala, o DJ Ark, não escuta nem uma palavra! Fico aqui falando pra vocês escutarem, escutarem, enquanto eu mesmo sou incapaz de captar os sons mais importantes. Que papelão. E meu pé continua coçando.

"Não se aflija, Ark."

"Aguenta firme!"

"Então continua coçando, é?"

"Estou ouvindo faz tempo e não acho que te falte tristeza, não."

"Quando comecei a escutar essa transmissão, estava muito baixinho. Achei até que era impressão minha."

"É mesmo!"

Ah, esqueci de desligar a reportagem simultânea. Mas, bom, fico agradecido pelo apoio. Quem sabe a gente pode continuar o programa assim, ouvindo a opinião de todo mundo.

"Eu achei que era um disco tocando em algum lugar, mas era este programa."

"No meu caso, sintonizou de repente, *tchan*!"

"Tem uns dias que é assim."

"Primeiro eu penso no jingle, 'Rááádio Imaaaaginação!'... Aí, pronto, já ajusta a frequência."

"É."

"Imagine."

"Em busca da realidade."

"Pô, ficou estilo."

"No começo, achei que era um zumbido no meu ouvido, mas ele foi tomando forma e virando palavras."

"Vai rolar, Ark!"

"Com certeza sua esposa e seu filho estão falando de você e pensando em você o tempo todo. Falta só escutar as palavras."

"Foco, Ark, foco."

Foco, foco... não é esporte não, isso aqui. HAHAHA. Mas, realmente, acho que ando meio disperso. Olha, vou deixar o sistema liberado, mas me deem alguns momentos, por favor, queridos ouvintes.

Não sei onde a Misato e o Sosuke estão agora, depois do que aconteceu. O Sosuke não tem casa pra onde voltar. Pelas imagens de desastres que já vi no passado, com certeza armaram um monte de abrigos de emergência por aí. Deve estar frio. Talvez ainda tenha tremores secundários toda hora. Todo mundo deve passar os dias consolando uns aos outros. A Misato e o Sosuke certamente estão procurando por mim. Ou, então, foram se refugiar na cidade natal da Misato em Tottori, ou na casa de parentes em Okayama. Daqui eu não consigo ver o estado das estradas, então não consigo chutar onde eles estão.

Pelo que meu pai falou, talvez seja proibido entrar nessa área onde estou. Se for esse o caso, eles não vão conseguir me encontrar. E, mesmo que eu esteja só no alto de um cedro no fundo de um bosque qualquer, dá na mesma. Daria muito trabalho me baixar daqui. E, vendo de baixo, não deve nem dar pra saber quem é.

Sendo assim, os dois nunca vão saber o que fazer com seus sentimentos.

Apesar de tudo, não quero desistir, vou tentar escutar mais uma vez. Aqui, agora. Diante de vocês, meus caros ouvintes.

"Vai, Ark!"

"Você consegue!"

"Isso, se concentra."

"*Ssshhh.*"

"Ark, pode ficar tranquilo que nós continuamos o programa por aqui."

"Agora o Ark virou ouvinte."

"É, da nossa transmissão."

"Isso!"

"E também das vozes da esposa e do filho."

"*Sssshhhh.*"

"Não adianta. É impossível ouvir as vozes do lado de lá."

"Eu também tentei escutar várias vezes. Não deu certo."

"Que nada. Imagina, Ark!"

"Se a gente consegue ouvir a sua voz, você também consegue ouvir a deles."

"Imagina, imagina."

"Dá pra ver que a respiração dele ficou mais profunda."

"A imaginação está voando."

"Vocês ouviram essa fungada, agora?"

"Acho que ele deve estar começando a escutar."

"Está sim."
"Deve estar ouvindo."
"Ark!"
"Daqui não dá pra ouvir nada."
"*Sssshhhhh!*"
"Eu acho que a voz saudosa da Misato chegou aos ouvidos dele."
"Com certeza."
"Isso aqui é hipnose em grupo?"
"Não. É um grupo guiando a hipnose do Ark."
"E ouvindo o que o Ark está ouvindo."
"Acho que a Misato está falando bem dele."
"Também acho."
"Vai ver ela está contando que o Ark nunca esquecia do aniversário de casamento deles. Todo ano, mesmo se estivesse longe, ligava logo cedo de manhã. Que, pra essas coisas, ele é uma pessoa atenciosa."
"E depois rindo e acrescentando 'mas presente não tinha todo ano'…"
"É, ela tá elogiando o Ark num tom carinhoso."
"Mesmo?"
"O Sosuke está do lado dela. Tá se gabando do pai, que eu sei."
"Verdade, é o Sosuke falando com o tom grave de quem já mudou de voz."
"Gaguejando um pouco, mas com palavras que expressam bem suas ideias."
"Está olhando firme nos olhos da mãe e contando sobre o Ark."

"Ele tem orgulho do pai."
"É isso que o Ark está ouvindo agora."
"Sei que ele está."
"Eu não sei."
"Eu sei."
"Não dá pra ouvir nada."
"Montanhas e rios, relva e árvores, o sopro do vento e o som das ondas, não há nada que não invoque Buda."
"Escutem com atenção."
"Usem a imaginação."
"Rimou."
Ah.
"DJ Ark?"
"Ark?"
"O que foi?"
"Ark?"
"*Ssshhhhhhhh!!*"
"Oh, o DJ Ark está se preparando pra alguma coisa."
"A respiração dele ficou diferente, não ficou?"
"Ouvi ele passar a língua nos lábios."
"A voz dos dois deixou ele mudado."
"Também acho."
"Dá pra sentir."
"Aham."
"Eu não sinto."
"Do que vocês todos estão falando?"
"Use a imaginação."
"O que vai acontecer?"
"*Shh.*"

"Acho que ele vai desaparecer."
"É."
"É mesmo?"
"É, sim."
"Faz um tempo que estou ouvindo umas vozes... isso é uma rádio?"
"*Ssshhhhhh!*"
Obrigado a todos pelo apoio. Ouvi as vozes que queria ouvir. Falaram coisas bem diferentes do que vocês imaginaram, mas, de qualquer maneira, senti que sou amado. Já se passou mais tempo do que eu pensava. A Misato chegava a soar meio nostálgica. Sosuke ficou pedindo pra ela contar de novo umas histórias engraçadas comigo, de quando ele era pequeno. Estava tentando reconstruir dentro de si mesmo a imagem do pai. Eu queria falar com eles, mas sabia que isso seria pedir demais. Já agradeço por ter escutado a voz deles. Foi graças ao incentivo de vocês, ouvintes.

O que mais me alegrou foi ver que a voz do Sosuke mudou e que agora se ouve nela o timbre da nossa família. Quando percebi, fiquei todo arrepiado, uma coisa quente me subindo no peito.

E agora estou ficando febril. Me parece que todo o contorno do meu corpo se desfez no ar, que as palavras que estou falando também são levadas pelo vento e deixam de ser minhas. Tenho a impressão de que a qualquer momento vou sair flutuando. Quer dizer, será que já não comecei a flutuar? Sinto o vento soprando nas minhas costas. Estou estufado e quente como um balão, à mercê da brisa.

O passarinho perto de mim, aquela lavadeira, começou a mover a cabeça para os lados. Sinto um vento leve vindo de onde ela está. O galho da árvore balançou de leve e percebo que, ainda com as patas agarradas na árvore, ela começou a agitar as asas. Como se estivesse testando se estão boas. Talvez tenha feito cocô enquanto batia as asas. Chegou um cheirinho até aqui... HAHAHA. Vai ver ela está querendo deixar o corpo mais leve.

Agora ela levantou voo, está pairando mais alto que eu. Flutuou por um instante, depois voou decidida rumo à escuridão do oeste, olha lá, foi numa linha reta. Para o interior das montanhas, do lado oposto da costa.

"Eu percebi!"
"Percebeu?"
"Eu também vi."
"Tenho a impressão."
"Voou muito rápido!"
"Em linha reta, sem nem olhar pros lados."
"*Sssshhhh.*"
"Usem a imaginação."
"Vai, pássaro!"
"Vai, centro de retransmissão da tristeza!"
"*Kamsahamnida.*"

A lavadeira já deve estar muito distante, como os pássaros no mito de Gilgamesh ou no Velho Testamento, que alçam voo e partem da arca em busca da terra prometida. Sem dúvida, em breve eu também começarei a me mover, oscilante, subindo pelo ar. Como num show de mágica. Quem sabe uma orquestra animada vai tocar uma trilha sonora pra mim, ao pé da árvore.

"Ark!"
"ᴅᴊ Ark."
"A lavadeira já deve ter desaparecido no horizonte."
"É um pássaro muito ágil."
"O programa vai acabar logo mais."
"Com certeza."
"Que pena..."
"Mas, ao mesmo tempo, fico feliz. Dá pra dizer que nós estávamos esperando por esse dia."
"É verdade."
É. Tudo indica que o meu programa vai acabar. Já não tenho mais nenhuma convicção de que minha voz esteja alcançando vocês. Mesmo assim, quero aproveitar o momento pra dizer uma coisa.

Vão surgir mais ᴅᴊs buscando a imaginação, hoje e amanhã, sem parar, por todo o mundo. Muitas, muitas pessoas, todos os dias. Na verdade, não há um dia sequer em que não surja alguém. Não só isso: neste exato momento, já há incontáveis ᴅᴊs apresentando seus programas. Chega a ser ensurdecedor. Eles vão continuar suas transmissões animadas. Eu também volto, qualquer hora. Pra contar coisas pra vocês e ouvir suas histórias. Fiquem atentos pra escutar minha voz, ouvintes. E novos ouvintes que ainda vão nascer.

"Mas é claro!"
"Pode deixar."
"Agora vá logo, avante!"
"Eu também devo partir alguma hora, mas passarei sua mensagem adiante, para os próximos."

"Olha, se for o caso eu posso continuar o programa, viu? Sou principiante, mas..."
"Pode ser uma boa."
"Ainda tem tempo até amanhecer."
"Quem é esse aí? Nunca vi mais gordo."
"Essa é justamente a graça, não é?"
"Meu pé tá coçando."
"*Hakobune-no... mikoto!*"
"Nós somos o DJ Ark."
"Obrigada, Ark."
"Adeus."
"Tchau."
"Adeus."
"Vá com cuidado."
"Até mais."
"Tchau."
"*Clap clap clap.*"
"*Clap clap clap clap clap.*"
"Palmas!"
"Bravo!"
"Obrigado por tudo."
"*Clap clap clap.*"
"*Clap clap clap clap clap.*"

Meus queridos e fiéis ouvintes. Vamos agora para a última música que vou tocar pra vocês.

"Redemption Song", do Bob Marley, a pedido de um ouvinte com o pseudônimo imaginário S. "A canção da redenção" — esse título cala fundo no peito. É de 1980, um ano antes de Bob Marley falecer por causa de um tumor no cérebro. A última faixa de seu último álbum.

Muito obrigado por acompanharem o programa até agora.

Adeus, de verdade, pessoal.

E é claro que, pra introduzir este último som, eu vou colocar o eco no talo, mantendo meu estilo.

Então, moçada, imaginem comigo: "Redemption Song".

Ah! E, antes disso, mais um jingle, o mais alto que vocês já ouviram. HAHAHA.

RÁÁÁÁDIO IMAAAAGINAÇÃO!

ESTA OBRA FOI COMPOSTA PELO ACQUA ESTÚDIO EM MERIDIEN
E IMPRESSA PELA GRÁFICA SANTA MARTA EM OFSETE SOBRE PAPEL PÓLEN SOFT
DA SUZANO S.A. PARA A EDITORA SCHWARCZ EM MAIO DE 2023

A marca FSC® é a garantia de que a madeira utilizada na fabricação do papel deste livro provém de florestas que foram gerenciadas de maneira ambientalmente correta, socialmente justa e economicamente viável, além de outras fontes de origem controlada.